正邪の武士道

居眠り同心 影御用29

早見 俊

時代小説

二見時代小説文庫

正邪の武士道——居眠り同心 影御用29

目次

正邪の武士道――居眠り同心影御用29・主な登場人物

蔵間源之助《くらまげんのすけ》……北町奉行所の元筆頭同心で、今は閑職の〝居眠り番〟。難事件に挑む。

蔵間源太郎《くらまげんたろう》……源之助の息子。北町の定町廻《じょうまちまわ》り同心となり矢作兵庫助の妹、美津《みつ》を娶《めと》る。

矢作兵庫助《やはぎひょうごのすけ》……凄腕とも豪腕とも呼ばれ、南町奉行所きっての暴れん坊同心の評判を取る男。

杵屋善右衛門《きねやぜんえもん》……日本橋長谷川町の老舗の履物問屋の五代目。源之助とは旧知の間柄の碁仇《ごがたき》。

善太郎《ぜんたろう》……杵屋善右衛門の跡取り息子。悪の道から源之助に救われた過去を持つ。

寅松《とらまつ》……善右衛門の家に出入りをしている納豆売りの少年。

お香《こう》……日本橋本石町《ほんこくちょう》の料理屋、美鈴《みすず》の女中。弟・寅松と二人で暮らす。

岩村左衛門正友《いわむらさえもんまさとも》……譜代の三島藩主・岩村伊勢守正治《いわむらいせのかみまさはる》の嫡男。

加瀬九郎次郎《かせくろうじろう》……三島藩の儒者であったが、実兄の死去により江戸藩邸の用務方となった。

大野玄蕃《おおのげんば》……三島藩、江戸藩邸の無骨な馬廻り方。

真田玄斎《さなだげんさい》……日本橋本石町にある中西派一刀流《なかにしはいっとりゅう》の道場の主。

粂吉《くめきち》……本石町にある縄暖簾、独楽屋《こまや》の主人。

お万《まん》……父の粂吉《くめきち》と縄暖簾・独楽屋を切り盛りする娘。

渡会《わたらい》……独楽屋に出入りする、バサラな身形《みなり》の優男《やさおとこ》然とした浪人。

伏見三太夫《ふしみさんだゆう》……殺された直参旗本小普請《こぶしん》組、磯川藤五郎《いそかわとうごろう》の用人。

第一章　腕白小僧

一

「蔵間《くらま》の旦那、蔵間さま……、大変ですよ」

　少年の声に呼び止められ、蔵間源之助《げんのすけ》は歩を止めた。

　背は高くはないががっしりした身体、日に焼けた浅黒い顔、男前とは程遠いいかつい面差《おもざ》し、一見して近寄りがたい風貌であるが、これほど頼りになる男はいない。かつては北町奉行所きっての腕利き同心であった。

　あったというのは、定町廻《じようまちまわ》りと筆頭同心を外《はず》され、今は両御組姓名掛《りようおんくみせいめいがかり》という閑職にあるからだ。閑職に身を置こうと、頼ってくる者が絶えないことが却《かえ》って源之助の敏腕ぶりを物語ってもいる。

筆頭同心を務めていた頃の名残《なごり》である鉛の薄板を底に仕込んだ特別あつらえの雪駄《せった》を今も履《は》いている。その雪駄をあつらえてくれた履物問屋、杵屋《きねや》からの帰途であった。

文政《ぶんせい》三年（一八二〇）の如月《きさらぎ》六日、

「庭の紅梅を愛《め》でながら、碁を打ちませんか」

という杵屋の主人善右衛門《ぜんえもん》の誘いに応じた。

日本橋長谷川町《にほんばしはせがわちょう》にある杵屋を出て組屋敷のある八丁堀《はっちょうぼり》に向かっていた。夕空に朧月《おぼろづき》が架かり、少年の顔を茜《あかね》に染めている。

声をかけてきたのは寅松《とらまつ》という納豆売りの少年で、善右衛門の家に出入りしている。粗末な木綿《もめん》の着物の裾《すそ》を尻はしょりにし、納豆が入った笊《ざる》を天秤棒《てんびんぼう》で担いでいる。痩せ細った身体ながら元気一杯に語りかける様はいじらしい。舌足らずな口調とつぶらで大きな瞳が可愛らしくもあるが、きかんきそうでもあった。

源之助はいかつい顔を綻《ほころ》ばせ、

「何が大変だ」

「た、大変なんですよ」

両手をばたばたと震わせ、寅松は声を大きくした。

「だから、いかがしたのだ」

諭《さと》すように問い直すと、

「人が……、人が殺されてるんですよ」

ただならない寅松の言葉に源之助は表情を引き締めた。いかつい顔を際立たせ、武者震いをした。

殺しと聞いて八丁堀同心の血が騒いだのである。

「どこだ、案内《あない》を致せ」

小袖の裾を捲《まく》り上げて帯に手挟《たばさ》むと寅松を促す。

「こっちですよ」

天秤棒を肩に担いで寅松は駆けだした。源之助もあとを追う。寅松は思いの外《ほか》、足が速い、というよりすばしこい。

寅松は横丁を走りぬけ、無人寺へと到った。

無人寺の境内に佇《たたず》み、

「どこだ」

源之助は見回しながら問いかけた。

荷を脇に置き、寅松は背伸びをして周囲に視線を這《は》わせる。そういえば、仏について何も確かめていない。

「殺されていたのは男か女か、若いか年寄りか、町人か……」

矢継ぎ早に問いかけると、

「ええっと……、殺されていたのは男で……、大人で、それから……」

思い出しながら寅松は答えてゆく。

境内には人の死骸どころか、犬、猫も死んでいない。早春の風が枯れ木や草むらを揺らすばかりだ。

「どの辺りだ」

「ええっと、あの木の裏側だったかな」

寅松は灌木《かんぼく》を指差した。

源之助は歩み寄り、灌木の裏手を覗いた。しかし、そこにも亡骸《なきがら》はない。

「死骸なんぞ、見当たらぬではないか」

寅松を振り返る。

「あれ……、ああ、そうだ。そこの井戸端だった」

今度は涸《か》れ井戸に向かった。やはり、井戸端にも亡骸など横たわっていない。

「ないではないか。おまえ、まことに死骸など見たのか。夢でも見たのではないのか」

燃え盛った血潮が冷めてゆき、苛立《いらだ》ちが募《つの》った。

　すると、

「こら！　寅松」

聞き覚えのある男の声が聞こえた。声の方を見ると、杵屋の跡取り息子、善太郎《ぜんたろう》である。善太郎は源之助と目が合うとぺこりと頭を下げ、

「寅松、また、悪戯《いたずら》をしているんだろう」

寅松を叱責した。

源之助も視線を向けると寅松はぺろっと舌を出し、

「や～い、引っかかった、八丁堀の旦那が引っかかったぞ」

手を叩くや、咎《とが》める間もなく一目散《いちもくさん》に逃げて行った。呆然として寅松を見送ってから、

「なんだ、あいつ」

源之助は不満と疑念を善太郎にぶつけた。

善太郎は渋面《じゅうめん》を作り、

「寅松の奴、この界隈《かいわい》じゃ、腕白小僧で通っているんですよ」

「腕白というと」

子供相手に目くじらを立てるのは大人げないと源之助は口元を緩《ゆる》めた。

「大人を担《かつ》いで喜んでいるんです。たとえばですよ」

外商から家に戻って来た善太郎を待ち構えていた寅松は、

「燃えてますよ、若旦那の家、燃えていますよ」

などと両手をばたばた動かして訴えかけた。

「驚きましてね」

善太郎は一目散に杵屋に戻った。

ところが、火事どころか小火《ぼや》にもなっていない。ついて来た寅松に、

「燃えていないじゃないか」

と、問い質《ただ》すと、

「燃えているよ」

真顔で答えると寅松は善太郎を母屋の裏手に導いた。いぶかしんでいると、寅松は台所を覗き、

「ね、燃えているだろう」

竈《かまど》を指差したのだった。

「あいつったら、手を叩いて喜び、あたしが引っかかったことを喜んだんです。こん

な風に方々で大人を担いでいるんですよ。まったく、困った奴です」

　善太郎は嘆いた。

「今は大人を担ぐのが楽しくて仕方がないのだろう。そのうち、飽きるだろう」

　子供に腹を立ててもみっともないと源之助は鷹揚《おうよう》に返した。

「顔を見ると、担ぐのは天秤棒だけにしろって言ってるんですけどね」

　困った奴だと言いながら善太郎は寅松の面倒を見てやっているようだ。

「歳はいくつだ」

「十ですね」

「十で納豆売りをしているのか」

「ええ、そこは、偉いって誉めてやりたいんですよ。あいつ、八つで二親《ふたおや》に死なれて、姉さんと二人暮らしなんです。姉さんは、料理屋に通《かよ》いで女中をやったり、内職の繕《つくろ》い物なんかして姉弟二人、力を合わせて暮らしているんですよ」

「感心なものだな」

　寅松に抱いた腹立たしさが消えた。

「姉さんは、実にいい人なんですがね」

「大人を担ぐ程度なら大目に見てもかまわぬが、度が過ぎた悪戯はしかってやらねばならんぞ。善太郎、これからも面倒をみてやれ」

源之助が諭《さと》すように言うと、善太郎は神妙な顔でうなずいた。

無人寺を出ると夕風が源之助の頬を撫でた。寅松のことが忘れられず、ふと郷愁を誘われた。


八丁堀の組屋敷に戻ると、妻の久恵《ひさえ》から来客を告げられた。源之助は顎を引き、わざと足音を立てて廊下を歩き居間に入った。

羽織、袴《はかま》の武士が正座をしていた。

月代《さかやき》を剃らないで髷《まげ》を結っている。いわゆる儒者《じゅしゃ》髷である。

源之助と視線が交わると、

「留守中に上がり込んだ失礼をお許しくだされ」

と、まずは両手を膝に置いて挨拶をした。髪に付けた鬢《びん》付け油の甘い香が漂う。

源之助は会釈を返した。

「拙者、駿河国三島藩岩村伊勢守《するがのくにみしまはんいわむらいせのかみ》さま、家来、加瀬九郎次郎《かせくろうじろう》と申します」

駿河国三島藩は譜代で四万五千石、歴代当主の中には老中を務めた者もおり、現在の藩主岩村伊勢守正治《まさはる》は大坂城代《おおさかじょうだい》であった。

加瀬は江戸藩邸の用務方だと言い添えた。用務方とはどんな役職かと目で問いかけると、

「要するになんでも屋と申しますか、厄介事を引き受けさせられると申しますか、雑用掛ですな」

自嘲気味な笑みを漏らす顔は細面《ほそおもて》で色白の優男《やさおとこ》だ。歳の頃は二十代半ばといったところか。想像するに上士の家柄に生まれ、将来は藩の重役に取り立てられるのであろう。今は御家の雑務を任せられ、重職に向けての修業中に違いない。

儒者髷に結っていることが気にかかり、つい目を向けてしまった。

源之助の視線に気付いた加瀬が髷を撫でながら言った。

「拙者、昨年の春までは藩の儒家をしておりました。同時に若さまの侍講《じこう》でもあったのです。それが、兄が亡くなり加瀬家の家督を継ぐことになり、儒家から役方の職務を担うことになったのです。永年、月代を剃らずにまいりましたので、今でもこの通りにしております」

なるほど、優男然とした風貌は学者を思わせた。それはともかく、町奉行所の同心風情《ふぜい》の自宅に訪ねて来るとは、藩からどんな面倒事を押し付けられたのだろう。

加瀬は用件に入る前に、

「貴殿のことは杵屋善右衛門に聞いたのです」

三島藩邸に杵屋は出入りしているのだそうだ。用務方は出入り商人との折衝も行わねばなりません、と役職の説明をしてから、

「蔵間殿は北町奉行所切っての凄腕、今はわけあって閑職に身を置いておられるとのことですが、それを幸いと様々な厄介事が持ち込まれるとか。依頼する者は町人に限らず武家も珍しくないそうですな。蔵間殿は影御用《かげごよう》と称して引き受けてくださるとか」

「何しろ、暇な身ですからな。わたしでお役に立てることなら引き受けております。して、御用向きはいかなるものでしょう」

さぞや面倒な用件であろうと見当をつけながらも、努《つと》めて柔らかな表情で問いかけた。

実際、源之助は奉行所とは関係のない様々な御用を依頼される。依頼主も松平定信《まつだいらさだのぶ》のような大物の場合もあれば、名もなき庶民ということもあった。

それら引き受け事を源之助は影御用と呼んでいる。

影御用を成就《じょうじゅ》したからといって出世などしない。時に多少の報酬を得ることはあるが、銭金《ぜにかね》目的で引き受けるわけではない。周囲には暇つぶしなどと言っているが、

影御用を担うことは八丁堀同心としての矜持《きょうじ》であり、生き甲斐であった。鉛の板を仕込んだ雪駄を履き続けることも源之助が八丁堀同心であり続けるための拘《こだわ》りと言えた。

加瀬は上目遣いになった。

心持ち、源之助は身構えた。

「実は……」

切り出したものの、加瀬は言葉を途切れさせた。いかにも重大事なようで源之助は腰が浮きそうになった。

「さる町娘を調べていただきたいのです」

加瀬は言った。

「ええ……、町娘を……、調べるのですか。あ、いや、それは構いませんが……」

もっと深刻で血生臭い依頼だと覚悟していただけに、拍子抜けである。同時にはっきりと用件を伝えてこない加瀬に苛立ちを覚えた。

「腹を割ってくだされ。引き受ける以上は不審な点を持ちたくはないのです」

加瀬は瞬《またた》きをしてから。

「その町娘、若さまが見初《みそ》めたのです」

「藩主、岩村伊勢守さまの御曹司《おんぞうし》が見初められたのですか。つまり、若さまはその町娘を側室《そくしつ》に迎えたいとお望みということですな」

慎重な物言いで問い返すと、

「そういうことでござる」

「町娘を見初められるとは、失礼ながら若さまはどのようなお人柄でございますか」

「左衛門正友《さえもんまさとも》さまとおっしゃられ、御歳二十一歳、今年の秋には家督をお継《つ》ぎになられます」

「正室さまはおられるのでしょうか」

「三年前、お結衣《ゆい》さまという正室を迎えられましたが、目下《もっか》のところ子宝には恵まれておりません」

大名や跡継ぎが側室を持つことは当然である。正室がいながら側室を娶《めと》ることに不快感はない。

「左衛門さまはその町娘……、ええっと、そうだ。町娘の素性を聞きましょうか」

「お香《こう》と申しまして、日本橋本石町《ほんこくちょう》にある料理屋美鈴《みすず》に奉公する女中でございます」

「若さまがお香を見初めたのはいかなるわけでござるか」

「正月に美鈴で宴を催した際、お香が給仕の掛《かかり》でありました。容貌ばかりかしっかりとした給仕ぶりを若さまはいたくお気に召されたのです」

答えてから加瀬は、左衛門はお忍びで江戸市中を出歩くのが好きで、自分はお供をしていると言い添えた。

「なるほど」

源之助はうなずいた。

二

「くれぐれもご内密に願いたいのですが、若さまは江戸の民情を視察することに大変熱心なのです」

民情視察、つまり、藩邸内で大人しくしておらず、出歩くのが好きということだ。

「お香という娘、もう一度申しますが、まこと見目麗《うるわ》しく、気立てのよいしっかり者でした。若さまが側室に迎えたいと望まれるのはもっともなのですが、暮らしぶりが気がかりなのです。もちろん、町娘ゆえ、氏素性などは構いません。身内や近所に厄介な者がいないのかどうかを調べていただきたいのです」

要するにお香が大名の跡継ぎの側室となったことをいいことに、金をせびるなどの厄介事を持ち込まれるのは迷惑ということだ。

「むろん、身内の者につきましては、暮らしが立つように当家から金子《きんす》を用立てる所存です」

言い訳をするかのように加瀬は付け加えた。

「ご依頼を引き受けるに当たりまして、一つ気がかりなことがあります。お香が若さまの側室になることを拒んだら、いかがしますか」

加瀬は当惑したように目をしばたたき、

「いや……。それは、お香とすれば大喜びなのではござらんか」

「大名家の側室になることができるからですか」

「そうですが……」

「本人の気持ちは確かめていないのですな」

「ええ……、ですが、まさか、不承知ということはないでしょう」

加瀬は当惑気味に言った。

「では、お香に夫婦約束をした男がいるとしたらいかがしますか」

「そうだとしても、お香は側室になる方を選ぶでしょう」

疑いもないと加瀬は語調を強めた。

そのことには答えず、

「お引き受け致すが、念押しをしておきます。あくまでお香という娘の暮らしぶりを調べるに留めますぞ」

源之助は釘を刺した。

「よろしく、お願い致す」

加瀬は懐中から紫の袱紗《ふくさ》包みを取り出した。

「用向きが終わりましたら、きちんとしたお礼は致しますが、まずは、お使いくだされ」

金子《きんす》十両であった。

欲しくはなかったが、

「預かっておきましょう」

源之助は受け取った。

「よろしくお願い致す」

加瀬は腰を浮かした。それを引きとめ、

「お香を側室にしたいという若さまのお気持ち、伊勢守さまや正室、お結衣の方さまは承知しておられるのですな」

「殿は承知なさっておられます。お結衣さまもお咎めにはなりません」

子供ができないとあって、正室といえど異を唱えてはいないということだろう。

用件を済ませ、加瀬は腰を上げた。

優男然とした容貌通り、小柄だ。五尺そこそこであろう。

加瀬は小股でそそくさと玄関に向かった。久恵が見送ってから居間に戻った。用向きについては問いかけることはない。これまで、源之助の御用を尋ねることなどないのだ。

ところが、

「玉の輿《こし》に乗るのは女の幸せだろうかな」

源之助が疑問を投げかけたものだから、

「いかがされましたか」

久恵に問い返された。

「いや、なんでもない」

久恵の疑念を誘いながら源之助は口をつぐんだ。それ以上は立ち入ることなく、久恵はお食事の用意をしますと居間を出て行った。

その日の夜のことだった。

善太郎は家の近所の湯屋《ゆうや》に出かけた。商いは順調で、父親の善右衛門からの小言《こごと》も少なくなった。しかし、商いに関する説教に代わって、

「嫁を貰え、身を固めろ」

と、顔を見れば言われるようになった。

実際、善右衛門は親戚や商売仲間に声をかけ、縁談を持ち込んでくる。正直なところ有難迷惑で乗り気にならない。まだまだ半人前だとか、今は商いに励みたいとか言って、縁談を避けている。

一方で商いがうまくいけばいくほど、物足りなさを感じる。父や奉公人たち以外と喜びを分かち合いたい。商いがうまくいかない時に愚痴《ぐち》を聞いてくれる相手が欲しい。

結局、女房が欲しいのだが、善右衛門が持ってくる縁談ではなく、自分が好いた女と一緒になりたい。

独りで湯船に浸かっているとそんな思いが強まり、脳裏に一人の娘が浮かんでくる。

あの娘と夫婦になることができたら……。

湯煙に娘の笑顔を思い描いたところで、ざぶんという音と共に、熱い湯が善太郎の顔面を直撃した。

一瞬にして夢を醒まされたどころか不愉快な気分に襲われる。

「あちち……、気をつけろ」

善太郎が舌打ちをすると、

「なんだ、若旦那かい」

声の主は寅松であった。

「おまえな、湯船にはそっと入れよ。あたしだからよかったけど、気性の荒い男だったら、殴られてるぞ」

「悪かったよ。でもさ、ちょいと、聞いてくれよ」

言葉とは裏腹に寅松に反省の色はない。

「どうしたんだ」

そっぽを向いて訊き返すと、

「お姉ちゃんのことが心配なんだ」

善太郎は寅松に向き直った。

「何かあったのか」

「変な奴が家の周りをうろついているんだよ」

「どんな奴だ」

「侍だよ。歳の頃は五十前後かな」

「侍がお姉ちゃんにどんな用があるんだ。ああ、そうか、側室にしようって魂胆だな」

善太郎は手足をばたばたと動かした。湯が今度は寅松の顔に振りかかる。

「湯の中で暴れちゃいけないよ。おいらだからよかったけど、やくざ者だったら半殺しの目に遭わされているよ」

寅松に説教され善太郎は詫びてから、話の続きを促した。

「側室にしようってんじゃないと思うな。だって、側室を持てるような身分には見えないもの。姉ちゃんに話しかけもしないんだよ。遠くからじっと見ているだけさ……。今んとこ、変なことをされたわけじゃないけど、気味悪いよ。うちの姉ちゃん、美人だろう。だからさ、悪い虫がつくのが心配なんだよ」

「がきのくせに、ませた口を利くなよ。生意気だぞ」

善太郎は苦笑を漏らす。

「おいらが生意気だってことなんかどうだっていいんだよ。大事なのは姉ちゃんだよ。姉ちゃん、器量よしだけじゃなくって、気立てもいいだろう。だからさ、おいらとしては、まじめで正直な男んところに嫁入りさせたいんだ」

善太郎がくさしても、寅松の生意気な口ぶりは止まらない。注意をしても無駄だと

善太郎が口をつぐむと寅松は身体を寄せてきた。

次いで、思わせぶりな笑みを浮かべ、

「若旦那、姉ちゃんに惚れているんだろう」

肘《ひじ》で脇腹をつつかれた。

「な、何を……、ば、馬鹿言え」

善太郎は足を滑らせ、湯船に頭まで沈んでしまった。慌てて足を踏ん張り、湯船から顔を出す。

「ほら、赤くなったじゃないか」

寅松にからかわれ、

「湯のせいだよ」

善太郎の声が風呂場にこだました。

「なんなら、おいらが仲を取り持ってやろうか。若旦那はさ、老舗《しにせ》の履物問屋の跡取りなんだしさ、姉ちゃんだって老舗のお店の女将《おかみ》になれりゃ、安楽に暮らせるってもんだ。もちろん、姉ちゃんのことだから、三食昼寝つきでいたいなんて思わないよ。一生懸命杵屋さんのために働くさ。店にも出るんじゃないかな。姉ちゃん、しっかり

者だから、お客の評判もいいだろうな。杵屋さんの立派な女将になること間違いなしさ」

善太郎はどぎまぎとしながら、

「でもさ、お姉ちゃんにはいい人がいるんじゃないのかい」

「いや……、多分……、いない、と、思うよ。うん、いない。絶対いないよ。だからさ、若旦那、頑張りなよ」

「ともかく、お姉ちゃんにつきまとう怪しい侍を見かけたら、あたしが追っ払うよ」

自信たっぷりに善太郎は胸を叩いた。

「ああ、頼むぜ」

勢いよく寅松が湯船から飛び出した。

善太郎の顔に湯が盛大に振りかかったが、不愉快な気はしなかった。

三

湯屋から戻ると、善右衛門が一人で囲碁を打っていた。背中を丸め、目をしょぼしょぼとさせて碁盤に見入る姿には老いを感じてしまう。父親を安心させなくてはとい

う孝行心に駆られ、

「ただ今、戻ったよ」

「お帰り」

善太郎の顔を見ることなく善右衛門は生返事を返した。

「おとっつあん」

善太郎は碁盤の向こうに座った。

「なんだい」

善右衛門は碁盤から顔を上げた。詰め碁を邪魔され、むっとしている。

「あたしね、嫁をもらおうと思うんだ」

改まった調子で善太郎が語りかけると、善右衛門はぽかんとした。程なくして言葉の意味を嚙み締め、

「どうしたんだ、急に」

まじまじと善太郎を見返した。

「どうしたもこうしたもないよ、おとっつあんだって、早く身を固めろって口やかましく言っているじゃないか」

「それはまあそうだけど……、すると、おまえ、女房にしたい人でもできたのかい」

善右衛門は期待と不安が入り混じった表情である。

「まあ、いなくはないんだ」

照れから持って回った言い方をした。

「どこの娘さんだ」

善右衛門の表情が生き生きと輝いた。

「いや、まあ、その……、なんだよ。娘さんだよ」

「じれったいね……、もっとも、おまえが気に入った娘さんなら、おとっつあんも文句はないよ」

「きっと、おとっつあんも気に入ってくれると思うさ」

「きちんとしなけりゃいけないだろう。結納《ゆいのう》とか」

「結納はまだ早い……、と、思うな」

「こういうことはね、さっさと事を運ぶべきなんだよ」

「慌てるなよ」

手を振って善太郎は諫《いさ》めたが、

「いや、いや、早くした方がいいよ」

そわそわとし、善右衛門は早口になった。

「わかっているって。おとっつぁん、落ち着いてよ」

善太郎に強く言われ、善右衛門はしみじみとした顔になって言った。

「よかった、本当によかった。この歳まで諦めずにいた甲斐があったってもんだ。そうだ、死んだおっかさんにも報せないとな」

よっこらしょと善右衛門は腰を上げ、仏間へ向かった。善右衛門の背中に向かって、

「だからさ、気が早いんだって」

声をかけながらも気持ちが高ぶって仕方がなかった。


明くる七日の昼下がり、源之助はお香を訪ねた。

加瀬から教わったお香が住んでいるという長屋の木戸に立つ。日本橋富沢町《とみざわちょう》、浜町堀《はまちょうぼり》に架かる栄橋《さかえばし》の袂《たもと》にある裏長屋であった。懇意にしている長谷川町の杵屋からは三町ほど離れているだけだ。

木戸に掲げてある名札を見上げていると、なんと寅松が出て来たではないか。

源之助に気付くや、

「あっ、いけね」

寅松は逃げようとした。

「待て」

咄嗟《とっさ》に源之助は寅松の手首を掴んだ。

「ごめんよ、もう、悪戯はしないよ。勘弁しとくれよ」

寅松は喚《わめ》き立てた。

「おまえの悪戯を咎めに来たのではない」

「痛いよ！　手が折れちゃうよ！」

聞く耳を持たず、寅松は大袈裟《おおげさ》に抗《あらが》う。周囲を行く者が立ち止まって見てきた。子供を虐《いじ》める八丁堀同心だと源之助を咎《とが》める目をしている者もいる。

手を離すと、寅松は長屋の路地を逃げて行った。逃げられると追いかけたくなるもので、

「話を聞きたいだけだ」

源之助は速足で路地を進んだ。

路地を挟んで九尺二間《くしゃくにけん》の長屋が建っている。路地で話をしている長屋の女房たちの間を寅松はすり抜けた。女房たちは話を中断し、唖然と寅松を目で追いかける。

奥まった一軒の腰高障子が開き、娘が出て来た。

「姉ちゃん、助けて」

寅松は娘の背中に回った。源之助は二人の前で止まった。娘は目を白黒させながらも源之助に向かい、

「寅松が何か悪さをしましたか」

丁寧に問いかけてきた。

「いや、そうではないのだ」

源之助は困惑した。

「申し訳ございません。わたしが、きつく叱っておきますから、今日のところはどうかご勘弁してください」

娘はしおらしく頭を下げた。

「いや、寅松を咎めようというのではない。この長屋に住まう者を訪ねてまいったのだ」

寅松に会ったのは偶然だと源之助は強調した。娘はうなずく。

「お香という娘を探しておるのだがな」

すると、娘の背中から寅松がひょっこり首を出した。

続いて、

「お香はわたしですが……」

小首を傾げ娘が言った。

「おお……、そうか」

まさか、寅松の姉とは思いもしなかった。

改めて娘を見る。

歳の頃は十七か八、くっきりとした目鼻立ちの美人だが、弱々しくはなくはっきりとした物言いと相まって、しっかり者という印象だ。

善太郎の言葉を思い出した。

両親を亡くして姉弟で暮らしを立てている、と。なるほど、逞《たくま》しさを感じるはずだ。美鈴で給仕をするお香を見て、加瀬がしっかり者だと思ったのも得心がゆく。

寅松は庇《かば》うようにお香の前に立った。

「姉ちゃんに八丁堀の旦那がどんな用事があるんだい」

自分を咎めに来たのではないとわかったせいか、寅松は横柄《おうへい》な態度だ。

「特に用事ということではないのだがな」

曖昧《あいまい》に言葉を濁すと、

「あの、何か御用の筋なのでしょうか」

お香は目をそらさず、臆《おく》することなく問いかけてきた。

「住まいが確かならばよい。昨今な、料理屋やお店《たな》の奉公人の中には不届きな者が珍しくはない。口入屋も困っておるのだ。届け出ておる住まいに実際は住んでおらず、奉公先の金を盗んで逃げてしまう不逞の輩《やから》だな」

源之助が取り繕うと、

「蔵間の旦那、うちの姉ちゃんはね、奉公先の評判は上々だよ。まじめで気立ても器量もいいんだもの。間違いなしの女中だって、おいらが保証するよ」

寅松は胸を叩いた。

生意気な態度に出た寅松をお香は、「こら」と叱ってから、

「それはご苦労さまでございます」

と、腰を折った。

「うむ、寅松の申す通りだ。ならば、これで失礼する。寅松、姉さんを困らせるでないぞ」

寅松を一睨みしてから源之助は踵《きびす》を返した。

長屋を出る際に大家《おおや》の家に寄り、

「何か異変はないか」

八丁堀同心が町廻りの際に行う、型通りの問いかけをした。大家は恐縮しながら特

にございませんと返す。

「お香と寅松、姉弟力を合わせて暮らしておるようだな。大家として、気遣いをしてやれよ」

さりげなくお香に話題を向けた。

寅松は腕白小僧だが元気のいい子で、お香はとてもできた娘だと大家は褒め称えた。

二人のことは長屋のみんなも暖かく見守っているそうだ。また、お香には男の影もないようである。

問題はないだろう。

その足で料理屋美鈴に行くことにした。


長屋の木戸を出ると、善太郎が歩いて来る。善太郎も源之助に気付き、大きな風呂敷包みを背負いながらも小走りにやって来た。風呂敷包みの中には様々な履物が入っているのだろう。善太郎は新しい出入り先を獲得するため、行商をしているのだ。

「蔵間さま、こんな所で何を……。ああ、そうか、寅松の奴がまた悪戯をしましたか」

困ったような顔をする善太郎に、

「いや、そういうわけではない。偶々《たまたま》、町を廻っておっただけだ。それより、おまえは行商か」

ここら辺りは裏長屋や小さな店が軒を連ねるばかりで、出入りする武家屋敷や大店《おおだな》はない。

「ええ、まあ、お出入り先を求めているんですがね」

きょろきょろと善太郎は周囲を見回した。

「寅松の家、この長屋なのだな」

源之助が木戸を振り返ると、

「そのようですね。腕白盛りですから、蔵間さま、どうか大目に見てやってください。では、これで」

いそいそと善太郎は歩きだした。

源之助も先を急いだ。

源之助の姿が見えなくなったところで善太郎は長屋の路地を入って行った。寅松を見かけると、

「お姉ちゃん、いるかい」

と、声をかけた。

いるよと寅松は返事をしてから、

「姉ちゃん、杵屋の若旦那だよ」

大きな声で呼ばわった。立ち話をしていた女房たちがこちらを見た。

「おい、おい、やめろ」

慌てて善太郎が止めると、

「あれ、若旦那、照れてらあ」

寅松は図に乗った。

「馬鹿」

寅松の頭を小突こうとしたところで、お香が出て来た。振り上げた拳《こぶし》を持て余しながら、

「こんにちは」

善太郎はお香に挨拶をした。

「こんにちは、寅松がいつもお世話になっております」

お香は笑顔を返した。

「いえね、近くまで来ましたんでね、ちょっと、履物でも見てもらおうって思って

……」

善太郎は背負っていた風呂敷包みをよっこらしょと路地に下ろした。

「履物なんて」

お香は戸惑いを示したが、

「いや、いいんですよ。なんていいますかね、試しに履いてもらおうっていうんです。履き具合を確かめてもらいたいんですよ」

善太郎は愛想笑いを浮かべながら風呂敷を広げ、下駄《げた》や雪駄、草履《ぞうり》を見せた。

「まあ、きれいですね」

お香の澄んだ瞳がくりくりと動いた。それを見ただけで善太郎の胸はときめいた。

「どれか、気に入ったもの、選んでくださいよ」

これなんかどうですかと善太郎は桜柄のちりめん花緒の雪駄を持ち上げた。

「こんな、派手ですよ」

お香はためらった。

すると、

「いいんじゃないの。姉ちゃんなら似合うよ」

寅松が割り込む。

「あんたは黙ってるの」

目元をほんのりと赤らめ、お香は言い返した。

「似合うよ。ねえ、若旦那」

寅松に賛同を求められ、

「お香さんにぴったりですよ」

善太郎も声を弾《はず》ませた。

「でも、こんな高価な履物なんか、わたしには手が出ないわ」

お香が抗《あらが》った時、女房連中が近寄って来て、

「あら、これ、いいわね」

「あたしはこっちがいいわ」

などと銘々勝手に手に取り始めた。

「履き具合を確かめればいいんでしょう」

女房の一人に言われ、

「ええ、どうぞ、履いてみてください」

お香だけに無償で提供するわけにはいかず、笑顔を引き攣《つ》らせながら善太郎は言った。女房たちはわいわいと騒ぎながら履物を選んだ。

「なら、これはお香さんってことで」

善太郎は雪駄を押し付けるようにしてお香に手渡した。女房たちも気に入った履物を取り終え、善太郎は風呂敷包みを背負った。そして、急ぎ足で路地を木戸に向かって進む。すると、お香が追いかけて来て、

「若旦那、本当にありがとうございます」

「いや、いいんですよ。あたしの好き勝手にしていることなんですから」

胸が熱くなった。

「寅松にまで気遣ってくださって、ほんと、色々、助けてくださって、本当にありがとうございます」

お香は深々と腰を折った。

「姉ちゃん、礼なんか言うことないんだよ」

いつの間にか寅松がやって来て憎まれ口を叩いた。

「なんてこと言うの」

お香が叱ると、

「だって、若旦那はね、姉ちゃんに親切にしたいんだよ」

平気な顔で寅松は言い立てる。

善太郎は顔をしかめ寅松を睨んだ。

「若旦那ったらね、姉ちゃんに惚れ……」

ここまで寅松が言ったところで、

「こら、やめろ」

善太郎は寅松の口を塞いだ。

「やめろよ」

寅松は抗った。

「これ」

目を白黒させてお香は戸惑うばかりだった。

四

お香は日本橋本石町の料理屋美鈴での評判も上々である。男の影もなく、性質《たち》が悪い親戚もいない。まずは、岩村左衛門正友にとっては喜ばしい結果であった。

昼八つ（午後二時）、源之助は外桜田《そとさくらだ》にある三島藩上屋敷に用務方加瀬九郎次郎を訪ねた。裏門を入って右手の番小屋で待っていると、程なくして加瀬がやって来た。

「蔵間殿、早々にお調べくださり、まことにありがとうございます」

期待の籠もった目で加瀬は源之助を見た。

「お香につき、調べてまいりました」

源之助は言った。

「して、いかがでござりましたか」

加瀬は身を乗り出した。

「なるほど、若さまが見初められたのがよくわかる娘でした」

源之助は長屋と美鈴でのお香の評判を報告した。

ほっと安堵したように加瀬は微笑んだ。

「北町一の同心殿が太鼓判を捺《お》されたと、若さまにお喜びいただけますな」

「このあとのことは、わたしには関係のないことですが、どのような段取りを踏むことになるのですか」

好奇心が募《つの》るのは、お香に好印象を抱いたからだ。

「そうですな、まず、わたしがお香のところに行きまして……」

ここまで加瀬が語ったところで侍が入って来て加瀬に耳打ちをした。

「承知した」

　加瀬は返事をしてから源之助に向き、

「若さまがお呼びです。若さま、お香の調べを首を長くして待っておられましたからな。蔵間殿も一緒にとのことです」

　左衛門はよほど楽しみにしていたのだと思った。

「さあ、まいりましょう」

　加瀬に促され源之助は立ち上がった。

　左衛門がどんな若さまなのかという興味もある。お忍びで江戸の町を出歩くと聞けば、我儘《わがまま》勝手な若さまという想像しかできない。何不自由なく育ち、欲しい物は望むままに手に入れてきたのではないか。

　顔は細面で優男、指は白魚のようではないか。

　そんな思いを抱きながら源之助は加瀬に連れられて庭を歩いた。紅梅と白梅が咲き誇り、松の緑も映えている。大名屋敷らしい風雅な空間に身を置くと、しばし、浮世の雑事から逃れることができた。

　季節ごとの美しい花々に囲まれた平穏な暮らしがお香にはふさわしく、望ましいのだろうか。

　そして、岩村左衛門はおとぎの国に住まう若さまであろうか。

幔幕《まんまく》を張り巡らした一角が見えてきた。

幕には三島藩の家紋が画かれ、早春の風にたなびいている。

幕の中から、鋭い気合いが聞こえてきた。

「加瀬でございます」

幕のそばで加瀬が片膝をついた。

幔幕が捲《まく》り上げられた。紺《こん》の胴着に身を包んだ屈強な侍たちが木剣で素振りをしていた。

庭とは別世界の武張った一角である。

床机《しょうぎ》に腰を据えていた若侍がすっくと立ち上がった。

武士たちと同じ、紺の胴着に身を包んでいる。若侍はこちらに視線を向けた。

「若さまです」

加瀬が囁き、源之助も片膝をつく。

「北町の蔵間であるな」

左衛門は快活に問いかけてきた。源之助が名乗ると、

「こたびは、わしの私事について面倒をかけたな」

まずは気遣いを示してくれた。

意外な気がした。

気遣いといい、武芸熱心といい、想像していた我儘放題の若さまとはほど遠い。先入観はよくないと改めて自分を戒《いまし》める。

加瀬から、源之助がお香について調べた事項が説明された。左衛門は笑みを浮かべ、

「そうか、それはよかった」

加瀬も、

「まったくでございます。これで、大手を振って、お香を側室にすることができます」

「おい、大手を振ってというのはおかしな物言いであるぞ」

左衛門は戒めた。

「これは、言葉が過ぎましてございます」

加瀬は深々と頭を下げた。

「ま、それはよい。では、お香を迎える支度を調《ととの》えよ」

左衛門は命じた。

「かしこまりました」

加瀬も息を弾ませた。

左衛門は源之助に視線を向け、

「蔵間、汗を流してゆかぬか」

剣の稽古をしていかぬか、誰かと手合わせをしていかぬかと言いたいのだろう。源之助が躊躇《ためら》っていると、

「北町きっての凄腕同心、さぞや、剣の腕も立つのであろう。わが家中にも腕自慢がおるぞ」

やはり、武芸熱心で左衛門は楽しそうだ。

「それが、このところ、稽古をしておらぬ、鈍《なまく》らでございます。とても、御家中の腕自慢の方々とは手合わせなどできようはずもござりません」

遠慮して源之助が答えると、

「謙遜するな。そなたら、八丁堀同心は実戦で剣を使っておろう。まことの剣を習得しておるというものじゃ。捕物で使う見事な剣捌きを見せてくれ」

左衛門の目が凝《こ》らされた。

これと望んだものは必ず望みをかなえなければ気がすまない性質《たち》のようだ。

「承知しました。では、まこと拙《つたな》い腕でございますが、お手合わせしたいと存じま

す」

　源之助が承知したところで、

「蔵間に胴着と木剣を持て」

　左衛門が命ずると、手際よく胴着と木剣が用意された。どうやら、左衛門は源之助が来たと耳にして源之助の剣を見ようと身構えていたようだ。

　源之助は素早く胴着に着替え、木剣を手にした。思ったよりも太く重い。これを操るには相当の鍛錬を要する。源之助は数度、素振りをした。

　手に馴染むまでは使いにくいこと甚《はなは》だしい。

　それでも、何度も素振りを繰り返すうちに、風を切る音が鋭くなった。身体中に血が巡り、剣の手合わせをするという気構えになってきた。

　幔幕の中に入る。

　ずらりと侍たちが並んでいる。いずれも鍛えぬいた身体を胴着に包み、鋭い眼光を放って源之助を睨んでいた。

　気圧《けお》されることなく源之助は正面を向き、端然と立った。雪駄を脱ぎ、素足になる。

「拙者がお相手致そう」

　侍たちの中からひと際屈強な身体つきの男が前に出た。分厚い胸板は胴着を盛り上げ、袖から覗く腕は丸太のようだ。頑強そうな身体にふさわしい日焼けした顔と太い首、儒家出身という加瀬九郎次郎とは対照的である。

「拙者、馬廻《うままわ》り方、大野玄蕃《おおのげんば》と申す」

大野は右手で木剣を二度、三度振った。風を切る鋭い音が響く。両手で握っても重たい木剣を右手だけで楽々と操る様を見ただけで、相当な手練《てだれ》とわかる。

すると、左衛門が床机から立ち上がり、

「大野、その方は控えておれ。わしが立ち会う」

と、大野を制し源之助の前に立った。

大野は逆らうことなく一礼して後ずさった。

「若さまが……、で、ございますか」

源之助は困惑したが侍たちに驚きはない。それが左衛門の武芸熱心ぶりを如実に伝えていた。戸惑う源之助に左衛門は声をかけてきた。

「わしでは不足か」

「滅相もございません」

答えてから左衛門の真意を窺《うかが》う。武芸好きに加えて八丁堀同心としての源之助の技量を探りたいのではないか。剣の腕前だけが八丁堀同心の技量ではないのだが、直接剣を交えることで蔵間源之助という男は信用するに足るか、知りたいのではないか。

「ならば、ゆくぞ」

左衛門は木剣を八双《はっそう》に構えた。

侍たちは静かに見守っている。

「失礼つかまつる」

源之助は正眼《せいがん》に構える。

左衛門の目は鋭く凝らされ、源之助の動きを見定めている。決して、猪突猛進ではないようである。

源之助は自分から仕掛けることには躊躇《ためら》いがあった。

横目に加瀬を見ると、加瀬は表情を消していた。

「いざ！」

鋭い気合いと共に左衛門は木剣を打ち込んできた。

さっと源之助は右足を引き、下段から木剣をすり上げる。木剣がぶつかり合う鋭い音が響いた。

左衛門は攻撃の手を緩めず、右に左に木剣を振るう。

源之助は間合いを取り、左衛門を誘い込むように大上段に構えた。

にやりと笑みを浮かべ、左衛門は腰を落とした。

そっちから仕掛けろ、と言っているようだ。

源之助は左衛門の挑発に敢《あ》えて乗った。

下段に構え、すり足で間合いを詰めた。

左衛門も迫って来た。

二人の木剣がぶつかり合った。

と、次の瞬間、源之助は屈み込み木剣を突き上げた。

左衛門の手から木剣が弾け飛んだ。

「まいった」

潔《いさぎよ》く左衛門は負けを認めた。

手合わせを終え、

「蔵間、見事である。そなたの剣は確かなものだ」

やはり、左衛門は源之助が信用できるかどうかを探ったようだ。源之助は礼の言葉を返した。

「ここだけの話、わしは市井《しせい》を出歩き町道場に押しかける。時に道場破りの真似事をする。中には大した腕の道場主もおってな、一年前に大野を入門させた」

左衛門が言うと、

「日本橋本石町にある中西派一刀流《なかにしはいっとうりゅう》真田玄斎《さなだげんさい》先生の道場でござる」

大野が答えた。

左衛門は続けた。

「真田幸村《ゆきむら》の末裔を名乗っておる。それは怪しいが、剣は確かでな。三本手合わせをして二本取られた。中西派一刀流は面、籠手《こて》といった防具を身に着け、竹刀《しない》で打ち合う。わしが修練を積んだタイ捨流とは違うゆえ、不覚を取ったが、それは言い訳にならん。それゆえ、大野に習わせたのだ。すると、どうじゃ、大野は師範代になりおった」

剣の話をする左衛門は実に楽しそうである。

武芸熱心だからといって、女を見初めないことはない。英雄、色を好むという言葉があるように、剛健な人柄と溢れる欲望は女色にも向かって当たり前だ。

「若さまは、お望みになったら是が非でも手に入れぬとお気がすまぬご気性。中西派一刀流の奥義を摑もうと、拙者を真田道場で学ばせたのだ」

大野の言葉を受け、

「いかにもわしは欲しい物はなんでも手に入れてきた」

左衛門は破顔した。

なるほど、お香も欲しいものということか、と源之助は納得した。

五

今回の影御用は楽だった。というか、影御用とは呼べない役目であった。娘の身元調査など、まこと張り合いなく、しかも呆気《あっけ》なく落着しそうとあって、物足りないことこの上ない。

ともかく、お香の気持ち次第だ。若さまこと、左衛門が我儘放題のぼんくら若さまであったなら、気の毒にも思うのだが、幸いにして質実剛健な気風、しかも、政《まつりごと》にも熱心ということであれば、はっきり言って、お香は玉の輿に乗るということだ。

これで、世継ぎでも産めば、お部屋さまとなる。大変な出世だ。八丁堀同心など近づけもしない。

そして、寅松。

寅松も三島藩に取り立てられるかもしれない。あの腕白小僧が侍となったら、どんな具合であろうか。案外と立派な侍となるかもしれない。幼くして二親と死別し、世の辛酸を舐めてきた寅松ならば、三島藩の領民の味方となるかもしれない。

そんな想像を巡らせると源之助はにやついてしまった。

気分がよくなり、杵屋を訪ねることにした。

母屋の居間で善右衛門と碁盤を囲んだ。

今日の善右衛門は馬鹿に上機嫌である。

「それ、待った」

源之助が待ったをかけても、嫌な顔をするどころか、

「どうぞ、どうぞ」

にこやかに待ってくれる。有利に対局を進めているのではない。それどころか、黒石の源之助の方が優勢であった。碁に関しては負けず嫌いの善右衛門にはありえないことである。

「いかがされた」

気になって問いかけると、

「ええ、まあ、喜ばしいことがありまして」

善右衛門は笑みを深めた。

「何があったのですか」

「いや、まだ、申し上げるには早いのですが」

善右衛門は躊躇《ためら》いを示したが、

「めでたいことなのですか」

「まあ…、どちらかというとめでたい部類に入りますな」

要領を得ないが、それがかえって喜ばしいことがあったことを想像させる。

「そう言われては気になって仕方がありませんぞ」

心持ち強い口調で源之助が問い直すと、

「実は、善太郎がですね、とうとう身を固めそうなのですよ」

善右衛門は言った。

「ほう、それはめでたい」

源之助も弾んだ声で応じた。善右衛門はありがとうございますと頭を下げてから、

「あいつのことですから、しっかりと夫婦約束をしたのか、心配はあるのですが、それでも、好いた女がいて、身を固めることを本気で心に決めてくれたことが、親としてうれしくて、死んだおっかさんもどんなに喜ぶことやらと」

うれしさを隠しきれない善右衛門に源之助は好感を抱いた。

「まったくですな。あの善太郎が……」

つい、源之助も感慨に浸ってしまった。

「思えば、蔵間さまに更生させていただいたお陰でございます」

「確かに、悪所に出入りする善太郎を連れ戻したのはわたしですが、それから商人として精進を重ねていったのは善太郎の努力です。それと、善太郎を見守った善右衛門殿、杵屋のみなのお陰でござろう」

源之助は言った。

「そう言っていただけると、ありがたいですな。ともかく、これで、わたしも安心して隠居できます。善太郎を杵屋の六代目に据えることができます」

善右衛門の充実した笑顔を見ていると源之助も心からうれしく思った。

「それで、善太郎が女房にしたいと願う娘はどのような」

一番気になることを源之助が問いかけると、

「それが、そのうち、連れて来るということでして、まだ本人には会っていないのです。善太郎の話では器量よし、気立ても申し分のない娘さんだそうです。なに、話半分、いや、とても美人とは程遠い娘さんでも、わたしは大歓迎です。あいつが、好いた娘さん、しかも、あいつの女房になってくれるというだけで、気立ての好い方だとわかりますからな」

手放しの喜びようである。

「善右衛門殿の気持ちはよくわかりますが、娘の素性を確かめ、直《じか》に会ってから了承された方がよいですぞ。水を差すようですが、たとえば、子連れであってもよいのですか」

源之助が危惧すると善右衛門は表情を引き締め、

「蔵間さまのご忠告、ごもっともと存じますが、善太郎が申すには」

と、ここまで言った時、当の善太郎が帰って来た。

「当人に確かめましょう」

源之助が言うと善右衛門は首を縦に振った。善太郎は源之助に一礼してから、店に向かおうとしたが、

「善太郎……」

善右衛門が引き止める。

どうだった、と、曖昧な問いかけを善右衛門がしたものだから、

「今日はね、大きな出入り先を獲得できたんだよ」

善太郎は誇らしげに外商の成果を語り始めた。

「それは凄いな。おまえ、益々、商い上手になっていくよ」

善右衛門が肝心な話題に触れようとしないため、源之助は空咳をして善右衛門を促した。善右衛門は改めて、

「商いも大事だが、女房にしたいって言っていた娘さんのこと、いつ、連れて来るのだい」

一瞬にして善太郎の頰は真っ赤になり、

「あ、いや、その、なんだよ、おとっつあん、蔵間さまの前でそんな話をするんじゃないよ」

すると源之助が、

「いや、わたしも大いに喜ばしいし、興味がある。是非とも、その娘のことを聞かせてくれ」

善右衛門も大きくうなずいた。

「そんなこと言われてもな」

善太郎は照れるばかりだ。

「いいから話せ」

善太郎の膝を叩き、源之助は促した。

「でも、何を話せばいいんだ」

善太郎は困惑した。

「歳はいくつだい」

善右衛門は子連れということが気にかかったのか、まずはそのことを確かめたいようだ。

「十八だよ」

善太郎は答えた。

「独り身だよな」

恐る恐る善右衛門は続ける。

「もちろんだよ」

「出戻りでもないな」

「違うったら」

善太郎は声を大きくした。善右衛門はほっと安堵の表情を浮かべた。

「何をしているんだい」

「料理屋の女中奉公さ」

「お身内は」

「弟が一人、ほら、おとっつあんも知っているだろう。納豆売りの寅松、寅松の姉さんなんだ」

善太郎が答えたところで、

「お香か」

思わず源之助は大きな声を出した。

善太郎と善右衛門が同時に源之助を向いた。

「蔵間さま、ご存じですか」

善右衛門に訊かれ、

「まあな」

源之助は言葉を曖昧にした。

六

その日の夕暮れ、南町奉行所、定町廻り同心矢作《やはぎ》兵庫助《ひょうごのすけ》は日本橋本石町の縄暖簾《なわのれん》で飲んでいた。南町きっての暴れん坊という評判が示すように牛のような容貌だ。また、この男、源之助の息子源太郎《げんたろう》の妻美津《みつ》の兄でもあった。

縄暖簾は独楽屋《こまや》という屋号で、紺地の暖簾には独楽の絵柄が白く染め抜かれている。

ふきのとうを細かく刻み、味噌で炒めたふき味噌を肴《さかな》に飲んでいた。ふきのとうの苦味と味噌の甘味が絶妙に絡み、いくらでも酒が進む。

凍土を割って萌え出したふきには春の息吹《いぶき》が感じられ、食べるだけで若返る気がする。

いい心持ちで飲み食いをしていると、

「じゃんじゃん、持ってこい」

やたら景気のいい浪人がいる。

外見は景気の良さとは正反対、月代と無精髭《ぶしょうひげ》は伸び放題、小袖の襟《えり》は垢《あか》でてかり、菜っ葉のような袴という尾羽《おは》打ち枯らすという言葉がぴったりのうらぶれた姿だ。

身形《みなり》を思ってか女中は、

「何になさいますか」

警戒気味に注文を訊いた。

五尺余りと女にしては長身だが、粗野な浪人相手とあっては腰が引けている。

「この店で一番高いものを持ってこい」

浪人は誇らしげに声を放った。

「星川《ほしかわ》さま、一番といいますと」

おどおどと女中は尋ねる。

どうやら、この店の常連のようだ。女中が怖がっているのは、日頃から星川という浪人の素行がよくないからだろう。

「お万《まん》、高いものだ。そうだな、天麩羅《てんぷら》に鰻《うなぎ》の蒲焼《かばやき》に鯛《たい》の塩焼き……、白魚《しらうお》もいいな。白魚は生きたままのやつを踊り食いにしたい。酒は上方《かみがた》の下《くだ》り酒だぞ」

星川は矢継ぎ早に注文した。

鯛の塩焼きなど縄暖簾に置いてあるのかと矢作はいぶかしんだ。

お万は戸惑いを示した。星川への怖れに加え、懐具合を心配もしているようだ。好き勝手に飲み食いされた挙句《あげく》に手元不如意で済まされてはかなわない。

「あいにくと、清酒は置いてないんですよ」

申し訳なさそうにお万が返した。星川の懐具合を危惧してではなく、こんな場末の縄暖簾に上方の清酒など本当に置いていないのだろう。矢作が飲んでいるのも関東地回りの酒である。

そのことは星川もわかっているようで、

「しょうがないな、ま、いい、なんでもいいから持ってこい」

星川は受け入れ、天麩羅と蒲焼、鯛の塩焼きを催促した。

お万と入れ替わりに店の主人がやって来た。主人は辞を低くして、

「星川さま、ずいぶんと注文を頂きましたが、値の方がずいぶんと張りますけど、よろしゅうございますか」

「粂吉《くめきち》……、なんだ、その物言いは。貧乏浪人が不相応な肴を注文するものだと、愚《ぐ》弄《ろう》するか」

星川の目が吊りあがった。

「いえ、そういうわけではございませんが」

粂吉は目を伏せた。

「さっさと、持ってまいれ！」

星川は怒鳴りつけた。

店内では関わりを避けて、そしらぬ顔で飲み食いを続ける者、こそこそと勘定を済ませて店から出て行く者、野次馬根性丸出しで高見の見物を決め込む者等々、様々であるが誰も粂吉を助けようとはしなかった。

調理場からお万は顔を覗かせ、おどおどしていた。

「おまえら、親娘はな、日頃よりわしを馬鹿にしておるのだ」

条吉とお万は親と娘のようだ。お万が条吉を心配するのはよくわかる。

星川はすっくと立ち上がり条吉に詰め寄った。

「ご勘弁ください。すぐに料理をしますです」

条吉は両手を合わせたが、

「ならん、表に出ろ」

星川が条吉の襟を摑んだところで、

「やめろ」

矢作は割って入った。

「なんだ、貴様」

星川は睨んできた。

「おれは、南町の矢作兵庫助だ」

矢作が名乗ると、

「八丁堀同心がどうした。南町はわしが酒を飲むのを咎めるのか」

「咎めはしない。ただな、言っちゃあ悪いが、星川さんよ、あんた、お世辞にも立派な身形とは言えない。そんなあんたが豪勢な注文をするんだ。条吉でなくても、本当に払ってもらえるのか、ひょっとして踏み倒されるんじゃないのかって、心配するのも無理はないと思うがな」

矢作は星川の目を見据えた。

「おのれ、無礼者め」

小机に立てかけてある刀に星川の手が伸ばされた。

「おっと、いけないぞ」

さっと矢作は刀を取り上げた。

「何をする」

星川は怒りに無精髭を震わせた。

「あんた、もう帰った方がいい。随分と酔っているじゃないか」

「酔ってなどおらん」

「酔っ払いはそう言うんだ」

矢作が睨むと、

「もう少し、飲みたい。腹も減ったゆえ、何か食いたいのだ」

星川は懇願するようになった。

「なら、財布と相談して飲み食いするんだな」

矢作が言うと、

「これでどうだ」

着物の袖から財布を取り出し、星川は小机の上に財布の中身をぶちまけた。音を立て、小判が散乱した。山吹色が鈍い輝きを放った。主人が目をむき、店のあちらこちらから驚きの声が上がった。

「十両と一分、どうだ」

星川は凄んだ。

矢作は、

「なるほど、景気がいいはずだな」

「言っておくが、怪しい金ではないぞ。博打《ばくち》でな、つきについてな」

「悪銭身につかずだ。大事に使った方がいいと思うがな」

説教じみたことを言ったが、これだけ持っていれば、よもや食い逃げはするまいと、これ以上は詮索しないことにした。

「いや、失礼した。無礼の段、許してくれ」

一応、詫《わ》びてから、自分の席に戻った。

粂吉は揉み手をし、

「ご注文の品、すぐにご用意致しますので」

「おお、早くしてくれ」

星川は散乱した小判をかき集め、財布に入れた。

まずは、酒を飲み、上機嫌に酔っ払っている。矢作も酒を追加した。

「余計な口出しをしてすまなかったな」

と、お万に詫びたが、

「いえ、よく、確かめてくださいました。これで、安心して注文を受けることができます」

お万はにっこり微笑んだ。

「よし、おれは十両も持っておらぬゆえ、めざしにしとくか」

矢作は注文した。

ともかく、食い逃げの心配はなさそうだ。

ところが、星川はせっかく頼んだ、豪勢な料理も、食べきれずに持て余し、挙句《あげく》に、

「勘定だ」

と、怒鳴った。

勿体《もったい》ないというようにお万は小机の上を見たが、これで厄介払いができるとばかり

に、にこやかに応対した。

　星川は一分金を置いて出て行こうとした、それを、

「星川さま、お釣りがございます」

　と、声をかけたが、

「かまわん、とっておけ」

　気が大きくなった浪人は気前よく返した。お万はちらっと矢作を見た。矢作はもらっておけとうなずいた。

「ありがとうございます」

　お万の明るい声に送られ星川は店から出て行った。

「性質《たち》が悪いな。あぶく銭が入ったから気が大きくなったのだろう」

　矢作が苦笑を漏らす。

「これまでに、何度か無理やり付けにさせられたことがあるんです」

「そりゃ、危ないと思うよな。今のご時勢、物騒だからな。ま、銭さえ貰えばいいだろう」

　矢作はもう一本飲んで、すっかりいい気分に酔っ払った。

　すると、暖簾が揺れ、侍が入って来た。

肩まで垂らした総髪を束ねた着流し姿とあって、浪人のようだ。小袖は白地で梅の花を描いてある。紫の帯には朱色の鞘に納めた刀を落とし差しにしていた。そんなバサラな格好でありながら、細面《ほそおもて》の優男で身体つきも華奢《きゃしゃ》だ。男にしては小柄で女にしては大柄のお万と同じくらいの背丈だ。

「あっ、渡会《わたらい》さま」

お万が満面に笑みを浮かべ声を弾ませた。

渡会という浪人に好意を持っていることは一目瞭然である。

「熱いのを頼む。肴は適当に」

やや甲高い声で注文すると、渡会は入れ込みの座敷に上がった。

「おとっつあん、渡会さまにお酒、お願い」

いそいそとお万は調理場へ向かった。

長居をしたことをお万に詫び、矢作は勘定をすませて表に出た。

薄く雲がかかった夜空を上弦の月が彩っている。ほろ酔い気分で歩くには春の夜は格別だ。艶《つや》めいた夜風が火照《ほて》った頬には心地よい。明日への活力がみなぎってきた。

すると、

「おのれ」

空気を切り裂く断末魔の叫びが聞こえた。

一瞬にして酔いが醒める。

矢作は腰を落とし、周囲を窺った。足音が遠ざかってゆく。

一町ほど先に、男が倒れていた。

矢作は着物の裾を捲《まく》り上げ、帯に手挟《たばさ》むと駆けだした。

倒れている男の傍《かたわ》らに立った。

「ああ……」

縄暖簾で悶着を起した星川である。

血溜まりの中で星川は事切れていた。

辻斬りに遭ったようだ。袖口に手を入れ、財布を取り出した。自慢していた十両の小判はなくなっている。しかし、銭が少しばかり入っていた。

数えると、

「六文《もん》か」

矢作は苦笑を漏らした。

三途《さんず》の川の渡し賃である。自分が斬った男が三途の川を渡れるようにという気遣いなのだろうか。それとも、多少の後ろめたさを抱いたということか、あるいは悪ふざけだろうか。

背中に残る刀傷からして侍の仕業《しわざ》に違いない。といっても、背中を斬るとは侍の風《かざ》上《かみ》にも置けない卑劣漢だ。ひょっとして、独楽屋にいたのだろうか。

身形みすぼらしい星川に狙いをつけたということは、星川が大金を所持していたことを知っている者の仕業に違いない。

とすると、独楽屋にいた客の中に下手人《げしゆにん》がいたのではないか。

どんな侍がいただろうか。

記憶はあやふやである。ただ、ふき味噌の美味《うま》さだけがくっきりと舌に残っている。

矢作は独楽屋に引き返した。

客は渡会一人だ。

お万は矢作を見て、

「忘れ物ですか」

「いや、そうではない。つかぬことを尋ねるが、店にはおれと星川のほかに侍はいたかな。あの御仁は除いて」

渡会を見ながら問いかけた。

「お侍さまですか……」

思案のあとにお万は何人かいらしたと答えたが、素性は知らないということだった。

「どうしてそのようなことをお訊きになるんです」

お万は首を傾げた。

「星川が斬られた。つい、一町ほど歩いた時の鐘の近くでな」

お万は口を半開きにした。

「ちなみに、渡会という御仁、何者だ」

「まさか、渡会さまを疑っておられるのですか」

「渡会殿は店に来てから外には出ておらんのだろう」

「ずっと、飲んでいらっしゃいました。とても、いい方です。こう言っちゃあなんですけど、星川さまとは大違いです」

むきになってお万は渡会を庇い立てた。

「疑うわけではないが、何をしておられるのだ」

「ご浪人さまです」

「この店にはよく来るのか」

「ええ」

短く答えるとお万はもう看板ですと暖簾を取り込んだ。渡会を見ると、いつの間にか酔いつぶれたようで横たわっていた。
バサラないでたちと違い、優男然とした容貌同様、酒も弱いようだ。

第二章　白昼のかどわかし

一

如月《きさらぎ》十日の朝のことだった。

「仏はお侍、身形《みなり》からして御直参ですかね」

京次《きょうじ》が亡骸《なきがら》に身を屈めながら言った。

蔵間源太郎もうなずく。

強面《こわもて》の源之助とは正反対の優し気な顔立ちだが、源之助譲りの正義漢だ。悪を憎むこと甚《はなは》だしいが若さゆえに空回りすることも珍しくはない。そんな息子を補佐するため、源之助は岡っ引の京次をつけてやった。

歌舞伎《かぶき》の京次という二つ名が示すように元は中村座《なかむらざ》で役者修業をしていたが、性質《たち》の悪い客と喧嘩沙汰を起こして役者をやめた。お縄となって源之助が取り調べに当たった。口達者で人当たりがよく、肝《きも》も据《す》わっている京次を気に入り岡っ引修業をさせると、源之助の目利き通り腕利きの岡っ引となった。今では、神田《かんだ》、日本橋界隈では、「歌舞伎の親分」と慕われている。

日本橋本石町、時の鐘の近くだ。亡骸は背中を右の肩先から斬り下ろされていた。羽織、袴《はかま》に身を包み、白足袋《たび》が目に鮮やかである。歳の頃は四十前後といったところか。

京次が袖や懐中を検《あらた》めた。袖から財布を取り出す。螺鈿《らでん》細工の見事な財布だ。

「ずしりと重いですよ」

京次は財布を差し出した。源太郎は受け取り、中を検める。その間に京次が、

「おおっと、こりゃ、すげえや」

驚きの声を上げて紫《むらさき》の袱紗《ふくさ》包みを取り出した。

「小判ですよ」

開けないうちから手触りで京次はわかったようだ。袱紗を開くと、果たして二十五

両の紙包みが四つ現れた。

「百両ですよ」

京次が両目を大きく見開くと、源太郎はうなずき財布の中身を取り出した。

「五両と二分だな」

普段の所持金ということだろう。

「財布と百両が残っているということは、物盗りの仕業《しわざ》じゃないってことですね。それにしちゃあ、背中を斬るなんて、侍の風上にも置けませんや」

「卑怯極まりない辻斬りだ。そんな卑劣な奴なら金子《きんす》を奪ってゆくはずだが妙だな。ま、それは下手人《げしゅにん》をお縄にすればわかるか……。それにしても、斬られた御仁、百両もの大金を受け取ったということは御公儀の役職に就いておられるのかもしれんな」

源太郎は亡骸に視線を注いだ。

「何か便宜を図るための賄賂《わいろ》というわけですか。となると、百両を渡したのは大店《おおだな》の商人かもしれませんね」

京次は周囲を見回した。

日本橋界隈とあって大店は珍しくない。

「仏の所持金百両が賄賂だとすると、受け取った場所は、この界隈の料理屋か大店だろう。まずは、料理屋を当たってみるか」

源太郎は腰を上げた。

「この界隈ですと、美鈴って料理屋が評判ですよ」

京次の言葉を受け、

「よし、まずは美鈴に行くか」

源太郎は近くの自身番に侍の亡骸を運ぶよう町役人《ちようやくにん》に依頼した。

京次が、

「そういやあ、この辺りで何日か前にも辻斬りがあったそうですよ。南町が探索してます」

「斬られたのは何者だ」

源太郎は今回の辻斬りとの関連を考えた。

「番屋で確かめたんですがね、斬られたのは浪人で物盗り目的だったそうですよ。尾羽打ち枯らした浪人だったのが、その日に限ってあぶく銭を持っていたのが運の尽きってことみたいですね」

「物盗り目的……、斬られたのが直参と浪人……。今回の辻斬りとは無関係だろうな」

源太郎は断じた。

美鈴に着き、一階の勘定場で女将《おかみ》と会った。

「昨夜のこと、時の鐘の近くでお侍が斬られなすったんだ。身形《みなり》の立派なお侍でね、ひょっとして昨日の晩、こちらにいらしたんじゃないかって見当をつけてやって来たんだが……」

京次が確かめた。

「お侍さまは何人かいらっしゃいました」

女将は考え考え慎重な口調で答えた。

客の素性を明かすことに躊躇《ためら》いがあるのだろう。源太郎が、

「歳の頃は四十前後、直参旗本と思われる。ひょっとして商人と一緒であったかもしれないのだが、思い出してくれぬか。早く仏の素性を確かめて、身内に連絡をしたいしな」

女将の顔色が変わった。

少々お待ちくださいと早口に告げて勘定場を出て行った。

源太郎と京次が顔を見合わせると、程なくして女将は一人の侍を連れて戻って来た。

初老の痩せ細った男だ。

「拙者、直参旗本小普請組《こぶしん》、磯川藤五郎《いそかわとうごろう》さまの用人で伏見三太夫《ふしみさんだゆう》と申す。実は、昨晩から殿がお戻りではないゆえ、こちらの店を訪ねて来たのだが……」

不安そうに伏見は切り出した。

昨日の夕暮れ、磯川は美鈴に出かけると言い残して屋敷を出たのだそうだ。供《とも》も連れずに出て行ったのだとか。

「では、恐縮ですが亡骸を検めていただきましょう」

源太郎の申し出に伏見はおっかなびっくりに首肯した。

伏見を伴い自身番にやって来た。

小上がりの座敷に亡骸は横たえられていた。

亡骸を見るや、

「殿……」

伏見は絶句し立ち尽くした。源太郎が軽く背中を叩くと、

「おいたわしや」

顔を悲痛に歪めて座敷に上がり、亡骸の枕元に正座して両手を合わせた。

仏は直参旗本三百石、小普請組、磯川藤五郎で間違いないようだ。伏見は屋敷に亡骸を引き取る手配をした。

「奥さま、さぞや悲しまれるであろうな」

伏見は肩を落とした。

亡骸引き取りの手配がついたところで、

「磯川さまは、物盗り目的ではなく斬られたものと思われます」

源太郎は百両を包んだ袱紗包みと財布を見せた。

「このような大金を所持しておられたのです。失礼ながら磯川さまは小普請組でいらっしゃる……」

そこで源太郎は言葉を止めた。

小普請組、すなわち、非役である。非役ということは、便宜を図って賄賂を受け取る役得は考えられない。それが百両もの大金を所持していたということは、特別な理由があるはずだと無言のうちに問いかけた。

表情を引き締め伏見が、

「殿はさるお大名家から養女縁組を持ちかけられたのでござる」

「差し支えあろうとは存じますが、断じて口外致しませんゆえ、養女縁組につきましてお話しくださらぬか」

源太郎は頼み込んだ。

伏見は腕組みをし、町役人たちを気にした。

「あっしたちは出て行きますよ」

京次が町役人を促した。町役人は外に出たが、京次は残ることを許された。

おもむろに伏見は語り始めた。

「さる大名家とは、駿河三島藩岩村伊勢守さまの御家中でござる。このたび、ご嫡男左衛門さまが側室を迎えられることになり申した。ところが側室にしたいと、左衛門さまが見初められたのは町娘でござる。それゆえ、町人の身分では不都合ということで、一旦、わが殿の養女となってから藩邸入りをする段取りを踏むことになった次第」

「そういうことですか。それで……、磯川さまが町娘を養女とするに際して謝礼金は百両ということですか」

「百両かどうかはわかりません。一時金として殿は百両を受け取ったのかもしれません。名目は支度金ですな」

「なるほど……。ところで、岩村さまと磯川さまのご関係はどのようなものでございましょうか」

「磯川家と岩村伊勢守さまとは関わりはございませんが、用務方加瀬九郎次郎殿のお姉上さまがわが殿の奥方さまなのでございます」

用務方は三島藩では上士が就く役職で、重職への登龍門でもあると、伏見は言い添えた。

体面を保つため、面倒な手続きが必要なものなのだと源太郎は思った。

「磯川さまが大金を所持しておられた事情はわかりましたが、斬られたことと養女縁組の一件は関わりがあるとお考えですか」

源太郎の問いかけに、

「さて、どうでしょうな……」

岩村家や奥方の実弟である加瀬九郎次郎に迷惑をかけると思ってか、伏見は慎重だ。

「では、養女に迎える町娘をお教えください」

「それが……拙者は存じません。いや……、本当でござる。殿もまだご存じなかったと思います。昨日、これから娘に会いにまいる、楽しみだ、とおっしゃって屋敷を出たのでござる。加瀬殿が会う段取りを整えたそうで……」

「美鈴で会う手筈であったということですね」

「おそらくは……」

「加瀬殿の他に岩村さまの御家中からどなたか同席はされたのでしょうか」

「わかりませんな」

答えてから伏見は悲しみに襲われたようで、

「好事魔多し《こうじまおお》、と申しますが、養女縁組の話を持ちかけられた途端、こんな災難に遭われてしまうとは、殿が気の毒だ」

言葉を詰まらせ、目頭《めがしら》を指で揉んだ。

源太郎と京次も磯川の亡骸に合掌をした。養女縁組の支度金は磯川家にとっては天の恵みであろう。養女に迎えた娘が次期藩主の側室となれば岩村家との繋がりもでき、磯川家の台所事情はよくなるはずだ。小普請組とあっては決して楽ではない暮らしであろうことを想像すると、皮肉にも磯川家の喜びが不幸をもたらしてしまったのだ。

源太郎と京次は美鈴に戻った。殺された亡骸が磯川藤五郎であったことを、源太郎は女将に伝えてから尋ねた。

「昨日、磯川さまのお座敷の掛《かかり》となった女中から話が聞きたい。それと、磯川さまのお座敷に居合わせた方々のことを知りたいのだが」

「お座敷には磯川さまともう一人お侍さまがいらっしゃいました。昨日のお座敷は、そのお侍さまが手配をしてくださったのです。これまでにも何度か手前どもを使ってくださったのですが、三島藩岩村伊勢守さまのご家来で加瀬九郎次郎さまとおっしゃいます」

淀《よど》みなく女将は答えた。

伏見の証言とも一致している。百両は加瀬から渡されたと考えていいだろう。

「二人だけか」

源太郎は問いを重ねた。

「そうですが……」

「もう一人……、町娘はおらなかったのか」

「いいえ」

女将は首を左右に振った。

「では、磯川さまと加瀬さまのお座敷に町娘は呼ばれてはいなかったのか」

「あの……、お武家ではなく町娘さんですよね」

町娘が武家の座敷に同席するはずがないと女将は言いたいようだ。

養女縁組の件は伏せておくべきだと、

「ならばよい」

曖昧に誤魔化《ごまか》した。

女将は掛をした女中を呼びますと、勘定場から出た。

「伏見さまのお話じゃあ、磯川さまはここで養女にする町娘と会うつもりだったんですよね。何か不都合なことでも起きたってことですか」

京次は首を捻った。

二

女将が女中を伴ってやって来た。女中は香と名乗ってから源太郎に向いた。

「北町の蔵間と申す」

源太郎が素性を明らかにすると、お香はおやっという顔になり、

「蔵間さまですか」

と、確認してきた。

「そうだが、どうかしたのか」

源太郎が問い直すと、

「数日前、蔵間さまというご年配の同心さまがうちの長屋にいらしたものですから」

「ああ……、それは父だ」

源太郎は苦笑を漏らした。

「事件の影に蔵間源之助あり、ですね」

京次は呟いた。

ぽかんとしたお香に、

「父のことは置くとして、昨日、三島藩岩村さまの御家来加瀬九郎次郎さまと御直参磯川藤五郎さまのお座敷の掛となったな」

「はい」

源太郎の目を見てお香は答えた。

この応対ぶりだけでお香がしっかり者だとわかる。

「実はな、この店からの帰途、磯川さまが何者かによって斬られ、命を落とされた」

お香は言葉を飲み込んだが、すぐに落ち着きを取り戻し、

「それで、下手人の見当はついているのですか」

「まだだ。よって、この店での磯川さまの様子を知りたくてな、そなたを呼んでもらったのだ」

「磯川さまは、とてもお優しいお方でございました」

磯川は給仕に当たったお香に優しい言葉をかけ、終始笑みを浮かべて接してくれたそうだ。

「三島藩のご家来、加瀬さまはいかがであった」

「磯川さま同様、女中のわたしが恐縮してしまうくらいに応対が丁寧で気を配ってくださいました」

二人の座敷は非常に和《なご》やかな雰囲気であったそうだ。

「客人があるとは申していなかったか」

源太郎は問を重ねる。

「いえ、そのようなことは申されておられませんでした。今宵はお二人で楽しく飲むのだと加瀬さまはおっしゃっておられました」

お香の言葉に嘘は感じられない。

「何か変わったことはなかったか」

「ございませんが……、そうですね」

お香は記憶の糸を手繰《たぐ》るように斜め上を見た。しばらくして思い出したようで口を開いた。

「わたしが、ずいぶんと楽しそうですが、何かおめでたいことでもあるのですかと、お訊きしたのです。そうしましたら、前祝だと磯川さまがおっしゃいました」

なんの前祝かまでは話してくれなかったそうだ。

きっと、養女縁組の件に違いないと源太郎は思ったが、そのことは言わず、

「前祝に関係して、もう一人客人を待っている様子はなかったのだな」

お香はうなずいてから、

「お酒をすいぶんと召し上がってから、磯川さまがわたしをしげしげとご覧になったのですが……」

ここでお香は言葉を止めた。

「どうした」

「いえ、なんでもございません」

「口外せぬゆえ、話してくれ」

目を伏せてからお香は答えた。

「磯川さま、お戯《たわむ》れをおっしゃったのです」

「どのような」

「そなたのような娘を欲しいものだ、と」

言ってからお香は頬を赤らめた。

「そうか」

酔って磯川は気分がよくなり、そんな戯れを言ったのだろう。確かにお香はよい娘だ。

「お座敷を引き上げたのはいつ頃だ」

「宵《よい》五つ半(午後九時)でございます」

「駕籠《かご》は呼ばなかったのか」

「酔い覚ましに歩いて帰るとおっしゃいました」

「加瀬さまはいかがされた」

「加瀬さまはお駕籠でお帰りになりました」

「すまなかったな」

源太郎は礼を言い、お香は勘定場から出て行った。源太郎は女将に、

「お香、できた女中だな」

「そうでしょう。うちで、一番気の利く女中なんですよ。もちろん、お客さまの評判も上々でしてね」

女将は目を細めた。

そうであろうと源太郎は同意してから、

「くどいようだが、磯川さまと加瀬さまのお座敷に呼ばれた町娘はいなかったのだな」

「はい、今日はお二人で飲むのだとおっしゃいました」

少しの迷いもなく女将は答えた。

「そうか……」

源太郎は考え込んだ。

磯川は養女縁組をする町娘に会うと言って屋敷を出た。加瀬が段取りをしたのだ。それにもかかわらず、町娘は来なかった。やはり、なんらかの不都合が生じたに違いない。いや、不都合というと、よくない事態に思えるが、二人は前祝だと上機嫌で飲み食いをしていた。

昨日は会えなかったが近日中には磯川と町娘は対面することになったのだろう。

「そういえば、加瀬さまからお香を掛にしてくれと頼まれました」

女将は言った。

「お香が掛となったのは、加瀬さまのご指名であったのか。どうして加瀬さまはお香を指名したのだ」

「先ほども申しましたように、お香は大変に評判のいい女中でございますので、取り立てて加瀬さまだけが指名するわけではございませんが、以前にも何度か加瀬さまのお座敷でお香は給仕をしておりますので、お気に召したのだと思います」

「わかった、邪魔をしたな」

源太郎は礼を言って美鈴を出た。

三

三島藩邸に向かう途次、

「蔵間さま、影御用をなさっておられるんですかね」

京次が問いかけてきた。

「まさか、父上がどのように関わるというのだ」

「そりゃ、わかりませんがね、思いもかけない形で関わるのが蔵間源之助さまですからね」

京次は楽しそうに笑った。

「よせよ。寒気がするじゃないか」

源太郎は身をすくめた。

「寒気って、いくらなんでも大袈裟《おおげさ》じゃございませんか」

「寒気というのはな、今回の殺し、三島藩の御家騒動が背景にあるような気がするのだ。ひょっとして、父上は御家騒動に巻き込まれているのでは、と勘繰ってしまったというわけだ」

「若さまが町娘を側室に迎えることに反対する方々が藩内におられるかもしれませんね。御家騒動ということなら、あっしらの手には負えませんや。負えるとしたら、蔵間源之助さま以外にはおりませんよ」

源之助のことを妙な持ち上げ方をする京次に、

「ともかく、三島藩邸に加瀬さまを訪ねよう」

気を引き締め源太郎は言った。

外桜田にある三島藩邸に着くと、裏門の番士に加瀬への取り次ぎを頼んだ。

番士から裏門を入ってすぐ右手にある番小屋で待つように言われた。なんでも、加瀬は具合が悪いそうだ。

「きっと、二日酔いですよ」

京次がほくそ笑んだ。

源太郎は黙っていろと京次を促し、静かに待った。

やがて、加瀬がやって来た。寸分の隙もない裃《かみしも》姿だが、儒者髷《じゅしゃまげ》が僅かに歪み、顔色が悪い。目はどんよりと曇っていた。京次が言ったように二日酔いのようである。

源太郎が挨拶をすると、

「北町の蔵間殿……」

加瀬は蔵間という苗字に反応した。

京次の予想通り、源之助は三島藩に絡んで影御用を行っているのかもしれない。

「父をご存じですか」

「貴殿、蔵間源之助殿のご子息ですか。それはそれは……、して、御用向きは」

どうして父を知っているのか気になったが、それは置いておくとして、

「直参磯川藤五郎さまをご存じでございますね」

「存じておる。姉の嫁ぎ先、つまり義兄だ」

加瀬はそれがどうしたというような目をした。

「昨夜、何者かに斬り殺されました」

源太郎が告げると加瀬の目が大きく見開かれた。

「まことか」

加瀬は声を上ずらせた。

「あなたさまと日本橋本石町の料理屋、美鈴からの帰途、何者かに殺されたのです」

「して、下手人は……」

目はうつろだが加瀬は二日酔いから覚めたようだ。

「目下、探索中です」

「そうですか、磯川殿が」

加瀬は絶句した。

「岩村左衛門さまは側室を娶《めと》られるのですね。ところが、その女性、町娘ということで一旦磯川さまの養女にしてから、藩邸に迎える手はずを進めておられたとか」

源太郎の問いかけに、

「確かに」

加瀬は唇を噛んだ。

「磯川さまが町娘を養女にするに当たって、百両をお渡しになられましたか」

「支度金としてとりあえず、渡しました」

「百両は残っておりました」

源太郎が教えると苦い顔で加瀬は話の続きを促した。

「飛躍した考えかもしれませんが、磯川さまが殺されたのは若さまの側室問題があるのではないでしょうか」

「若さまが側室を迎えることを快く思わぬ者の仕業《しわざ》ということですかな」

加瀬の目が凝らされた。淀んでいた目に力が籠もった。

細面の優男然とした面持ちには不似合いな険《けわ》しさをたたえている。

「その可能性があると」

「さて、そのような者、見当もつきませんが、そちらの筋は拙者が調べてみましょう。町方は藩邸内を調べ回るわけにはまいりませんからな」

加瀬の言う通りである。

「では、わたしは磯川さまの亡骸が見つかった現場周辺の聞き込みを行います。それと、側室候補の町娘のことが気がかりです。もし、磯川さまを殺した下手人が若さまが側室を迎えることに反対している方々だとすれば、当然ながら町娘を狙うはずですから」

源太郎が危惧を示すと加瀬は深刻な顔でうなずいた。

「町娘とは誰ですか」

「それは……」

加瀬は言い淀んだ。

「教えてください。磯川さまは美鈴で会うおつもりであられたとか。しかし、お座敷にそのような娘は来ておりませんでしたな」

源太郎の追及に、

「いや、おるにはおったのですよ」

困ったような顔で加瀬は答えた。

「どういうことでござる。少しだけ顔を出したということですか」

「いや、ずっとおりましたぞ」

京次があっと言い、源太郎も納得して確かめた。

「美鈴の女中、お香ですか」

「いかにも」

言葉に力を込め、加瀬は首肯した。

灯台下《もと》暗しであった。お香なら納得もできる。

「実は、蔵間源之助殿にお香のことを調べてもらい、尚且《なおか》つ、側室迎え入れの使者となっていただいたのです」

加瀬は教えてくれた。

やはり、父は今回の殺しに関係していたのか、源太郎は事件あるところ蔵間源之助ありだとの、京次の言葉を思い出した。

「それでは、父にも話を聞くことに致します」

「拙者は藩邸内を調べてみます」

加瀬は請け負った。

源太郎と京次は三島藩邸を出た。

「やはり、蔵間さま、関わっていらっしゃいましたね」

京次は笑みを浮かべた。

「うれしそうだな」

むっとして源太郎が返す。

「いや、そういうわけじゃありませんがね、蔵間さまらしいと」

笑顔を引っ込め京次はぺこりと頭を下げた。

四

源太郎が殺しの探索を行っているとは知らない源之助は、困ったものだと頭を悩ませながら奉行所に出仕していた。

両御組姓名掛、源之助が所属する部署である。

南北町奉行所に所属する与力、同心の名簿を作成、修正するのが職務である。誰々の父が亡くなった、誰々に赤子が生まれたといったように家族に変化がある都度、記入、削除していく。

通称、居眠り番と呼ばれる暇な部署だ。よって、南北町奉行所を通じて源之助ただ一人という閑職で、北町奉行所の建屋内にはなく、土蔵の一つを間借りしている。三方の壁には与力、同心の名簿が並べられた棚があり、板敷に畳を横に二畳並べて、文机が置いてあった。早春とはいえ、朝夕は冷えるとあって火鉢を使っている。

天窓から見える霞《かすみ》がかった空と鶯《うぐいす》の啼《な》き声に春の深まりを感じる。

日がな一日、何をするでもなくゆっくりと過ぎ行く時の流れに身を任せている。

そこへ、

「蔵間さま」

善太郎がやって来た。

「おお、どうした」

と、問いかけたが用件はわかっている。

「どうしたって、そりゃ、決まっているでしょう。お香さんの気持ちを訊いておいてくださいって、お願いしたではありませんか」

「ああ、そうだったな」

源之助は、期待に目を潤ませている善太郎をいなすように茶を淹《い》れた。善太郎は茶を飲むのももどかしげに源之助の言葉を待った。

「それがな、近所の人によると、お香はまだ嫁入りする気はないようなのだ」

「そりゃ、あれでしょう。寅松のことが心配なんでしょう。だったら、心配いらないって伝えてくださいよ。ちゃんと寅松の面倒もみるって」

善太郎は語調を強めた。

「そうなのだがな」

曖昧《あいまい》に言葉を濁した源之助の態度に善太郎は危機感を抱き、

「お香さん、あたしのことが嫌いなんですか」

「いや、そういうことではない」

「はっきりとおっしゃってください。断られたんですよね。お香さん、あたしの女房になることを断ったんでしょう。あたしの女房になんかなりたくないって、嫌がっているんでしょう」

善太郎は泣きだしそうになった。

「おいおい、早合点するな。本人にはまだ確かめてはいないんだ……」

源之助が宥めても、

「同情はいりませんよ」

すねてしまった。

「あのな、もう一度申すぞ。お香はそもそも嫁入りなどまだ考えておらんようなのだ。おまえだから嫁入りしたくないというのではない」

丁寧に説明をしたのだが、

「それって、言い訳なんじゃないんですか」

「そんなことはない」

善太郎は納得しない。

「きっとそうですよ」

「そんなに疑うのなら、自分で確かめればいいだろう」

源之助は突き放した。

「わかりましたよ。そうします」

善太郎はむくれて出て行ってしまった。

「なんだ、あいつ」

冷めた茶を飲み干した。

面白くないとごろんと横になったところで、

「御免」

という声がした。

慌てて半身を起すと戸口に加瀬九郎次郎が立っている。

今度は側室の件かと気が重くなった。

「どうぞ、入られよ」

加瀬を中に招いてから茶を淹れ直し、

「側室の件ですが、まだ、お香の気持ちが固まっておらんのです」

問われる前に苦しい言い訳をした。

するとと加瀬は顔を曇らせたまま、

「あ、いや、ちと不測の事態が生じたのです」

「何か」

源之助は不安に駆られた。

「実は先ほど、ご子息が拙者を訪ねてこられたのです」

「源太郎が……」

「源太郎殿は磯川藤五郎殿という直参が殺された一件を探索しておられるのです」

磯川が義兄に当たることを言ってから、加瀬は磯川殺し探索の経緯をかいつまんで語った。

「すると、その磯川さまの養女とすることでお香を若さまの側室に迎える手筈であられたのですな」

「それがご破算になってしまいました。仕切り直しということです」

加瀬は頭を抱えた。

「若さまもさぞや残念がっておられるでしょう」

源之助の言葉に加瀬は深々とうなずいた。

「気がかりなのは、磯川殿を殺した下手人です。経緯から考えて藩内の者の仕業の可能性が高いと存じます」

「見当はついているのですか」

源之助は真顔になった。

殺しの探索となると表情が引き締まり、心なしか頭の回転もよくなる。

「ついております」

あっさりと加瀬が答えたものだから、源之助は失望した。

「ならば、藩内で処分なされればよいではございませんか」

「そのつもりです」

それなら、一体、何をしに来たのだという疑問と不満が源之助の胸を覆った。

「それで、蔵間殿には藩内のごたごたをくれぐれも口外なさらないようにお願い致します。もちろん、ご子息にも固く口止めを願いたい」

御家騒動と取られかねない磯川殺しについて表沙汰になることを恐れ、口外するなと釘を刺しに来たのだった。

「むろん、口外することなどありません」

八丁堀同心を軽々しく見るなと、目に力を込めた。源之助のいかつい顔にたじろいだようで、

「かたじけない」

慌てて加瀬は頭を下げた。

色を失い、優男《やさおとこ》然とした顔つきが際立っている。

「心配なのは、お香ですな」

表情を柔らかにし源之助が言うと、

「源太郎殿も心配なされ、警戒をされるとのこと、いかがされるのですか」

「今後、若さまはお香を側室に迎えること、手続きを踏まぬことには……」

「若さまの気持ちに変わりはありません。ただ、手続きを踏まぬことには……」

お香を側室に迎えること、困難になったようだ。

お香に岩村左衛門が側室に迎えたいことを言いそびれてよかったと思った。お香の気持ちを弄《もてあそ》ぶことになったはずだ。

「それでは、手続きが済むまでの間にお香にいい人ができて、嫁入りすることになっても異存はござらんな」

源之助が確かめると、

「致し方ござらんな」

加瀬は御家の体面を気にしているようだ。

と、藩邸で剣の手合わせをした岩村左衛門と屈強な武士、馬廻り役の大野玄蕃のことが思い出された。

左衛門は欲しい物はなんでも手に入れてきたと、大野は言っていた。それゆえ、自分は中西派一刀流を学ぶべく真田玄斎の道場に通っていると……。

だとすれば、養女縁組が壊れたとしても、左衛門はお香を諦めはしないのではないか。

それが今後、よからぬ事態に転がってゆかなければよいが。源之助の胸に暗雲が立ち上《のぼ》った。

加瀬が去ってから源之助は思い直した。

今、三島藩が揺れている間こそが善太郎の好機といえるのではないか。この機を逃せば、左衛門はお香を側室に迎える算段を整え直すだろう。

善太郎もお香も岩村左衛門のことは知る由《よし》もない。

善は急げ、だ。

源之助はそう思って杵屋に出向くことにした。

五

源太郎と京次は美鈴に戻った。

女将にお香に会いたいと言うと、

「お香ちゃん、今日は帰ったんですよ」

まだ夕七つ（午後四時）である。これからが料理屋のかき入れ時ではないかと思っていると、

「お香ちゃん、弟がいましてね、弟が怪我をしたって、使いが来たんですよ。それで、家に帰ったんです」

女将の言葉に源太郎も京次も危機感を募らせた。

女将にお香の家の所在を聞き、美鈴を出た。

「危ないですね」

京次の言葉には答えず、源太郎は先を急いだ。

二人はお香が住む長屋にやって来た。京次が長屋から出て来た女房にお香の家を確

かめた。路地を走り、お香の家の前に立った。

「御免よ」

京次が腰高障子を叩く。

「うるせえな」

子供の声が返された。

「お香ちゃん、いるかい」

京次が腰高障子越しに問いかけた。すると腰高障子ががたがたと音を立てながら開かれ、

「お香ちゃんって、気安く呼ぶんじゃないよ」

いかにも腕白小僧といった子供が出て来た。

「おまえ、弟か」

京次が問いかける。

「おいらには、寅松って名前があるんだ」

怪我などしていないどころか、寅松は元気一杯である。

背伸びをし、源太郎は中を覗き込んだ。

果たして、お香はいない。

「お姉ちゃん、帰っていないのかい」

京次の問いに、

「なんだい、やぶから棒に、人の家にやって来てさ。十手《じって》を振りかざしゃ、何をしてもいいのかよ。姉ちゃんはな、八丁堀の旦那の厄介になるようなことなんかするもんか」

寅松は目をむいて反発した。きかんきそうな顔が際立った。

お香を咎めようとしているのではないと強調してから、源太郎は蔵間源之助の息子であることを告げ、お香が美鈴から寅松が怪我をしたという知らせで帰ったことを教えた。

「怪我って、おいら、どこも怪我なんかしてないぜ」

寅松は両手を広げた。

「ああ、だから、お姉ちゃんが心配なんだよ」

京次は言った。

「姉ちゃん、悪い奴に騙《だま》されてかどわかされたってこと」

寅松の目が大きく見開かれた。

「そうかもな」

京次が返すと、

「畜生、早く助けてくれよ。あんたら十手持ちなんだろう。こんなところにぼけっと突っ立ってないで、姉ちゃんを探しておくれよ」

寅松は大きな声を出した。

源太郎と京次は木戸に向かった。

「おいらも」

居ても立ってもいられないとばかりに寅松も勢いよく飛び出して行った。

「美鈴の周辺を聞き込んでお香の足取りを追いますか」

京次の提案に源太郎も賛同して美鈴へと向かった。

聞き込みの結果、お香を目撃した者は見つからなかったが、美鈴の近くで駕籠が目撃されていた。駕籠の前後は侍が固めていたそうだ。

「三島藩の仕業じゃないですか」

京次の言う通りだと思う。

加瀬が言っていたお香を左衛門の側室に迎えることを拒む一派の仕業だろう。

「考えたくはござんせんが、今頃は殺されているかもしれませんね」

京次は言った。

「だが、それでも探さないわけにはいかない」

源太郎は断じて諦めないという決意を示した。


その足で三島藩邸を訪れた。

既に夕暮れである。

裏門近くの番小屋に加瀬を呼んでもらった。程なくして加瀬は現れ、

「いかがされた」

と、問いかけてきた。

「お香が何者かにかどわかされました」

源太郎が答えると、

「なんと」

加瀬は夕空を仰いで絶句した。

「美鈴からかどわかされたのです。聞き込みによりまして、駕籠に乗せられたようです。駕籠には二人の侍が付き添っていたそうです。はっきり申しまして、三島藩の方の仕業ではないかと疑っております」

源太郎の考えを、

「いかにも、貴殿が疑うのも当然のことですな」

加瀬も認めた。

「ならば、至急、藩邸内をお調べください。そして、お香が見つかったなら、ただちに帰してやってください」

言葉に力を込めて源太郎は頼んだ。

「承知した。しばし、待たれよ」

加瀬は急ぎ足で番小屋を出て行った。

「わかりますかね」

京次は不安そうだ。

「加瀬さまにお任せするしかない」

源太郎は歯軋《はぎし》りした。

京次もむっつりと口を閉ざした。

時が経っても加瀬は戻ってこない。お香の所在を確かめること、難航しているようだ。

「じれってえですね」

苛立ちながら京次は何度も腕を組み直した。

源太郎も焦りと苛立ちが募った。

「探ってきましょうか」

京次が立ち上がると、

「藩邸内を勝手に出歩くわけにはいかんぞ」

さすがに源太郎は止めた。

「しかし、このままじっとしているなんて、我慢できませんや」

「わたしだって同じだ」

源太郎も憮然とした。

すると、

「お待たせ致した」

と、侍がやって来た。

加瀬ではない。

「加瀬が来てもらいたいとのことでござる」

侍は告げた。

「お香、見つかりましたか」

源太郎が問いかけると、

「はい」

短く答えて侍はさっさと歩き出した。源太郎と京次は黙ってついてゆく。夜の帳《とばり》が下り、藩邸内は闇と静寂に包まれている。土蔵の陰影が闇に刻まれていた。

やがて、篝火《かがりび》が焚かれた一帯に至った。

土蔵の前に複数の侍たちが待っていた。土蔵の海鼠《なまこ》壁に侍たちの影が揺らめいている。

加瀬の姿はない。

「加瀬さまは」

源太郎が問いかけると、侍たちは無言である。嫌な空気が漂っている。

「貴様ら、当家を嗅ぎ回ってなんとする」

恰幅のいいひときわ屈強な侍が居丈高に問いかけてきた。

「嗅ぎ回ってなどおりません」

源太郎は抗《あらが》った。

「惚《とぼ》けおって」

侍は目配せをした。数人の侍が源太郎と京次を羽交い絞めにした。

「やめろい」

京次は強く抗った。

しかし止めるような相手ではなく、あっと言う間に十手と腰の大小を奪われた。

源太郎は覚悟を決め、

「お香をどうしたんだ」

と、問い質《ただ》した。

侍は、

「お香だと」

と、戸惑いの表情を浮かべる。

「惚けるな」

京次が怒鳴る。

「惚けてなどおらんぞ」

侍は返した。配下の侍たちが京次を殴りつけた。京次は地べたに転がる。源太郎にも乱暴を働こうとしたのを侍は止め、

「妙なことを申すな。お香とは何者だ」

「では、まことにご存じないのですな」

源太郎も落ち着いてきた。

「話してくれ」

侍も怒りを鎮《しず》め、岩村家馬廻り役大野玄蕃と名乗った。

「お香という町娘を岩村左衛門さまが側室に迎えたいと希望されておられます」

「若さまが……。ああ、確かに町娘を見初められ、側室に迎えたいということは我らも耳にした。我らは若さまにそのようなことはなさいませぬようお諫《いさ》め申したがな」

「お香はかどわかされたのです。状況から考えまして三島藩の方の仕業とわたしは見当をつけて、加瀬さまを訪ねてまいった次第」

源太郎が言うと、

「町娘をかどわかしてなんぞおらぬ」

大野が否定すると侍たちもそうだそうだと声を上げた。

「それは失礼致しました」

源太郎は詫びた。

「困ったことになったものだな」

大野は軽く舌打ちをした。

六

呼びに来た侍は大野の背後から姿を現した。どうやら、加瀬が呼んでいると偽って源太郎と京次を誘い出したようだ。

「ともかく、我らはお香という娘のことは知らぬ」

大野の言葉に嘘は感じ取れない。

「わかりました。お香のことは問いません。して、加瀬さまはいったいどこに行かれましたか」

源太郎が問いかけると、

「そうだ……。加瀬を呼ぶか」

大野は配下の侍に加瀬を呼んでくるよう言いつけた。

しばらくして戻って来た侍が報告をした。

「加瀬殿の姿がありません」

「なんだと」

大野の顔は険しくなった。

源太郎と京次も顔を見合わせた。

「いずれにしても、我らと貴殿の間には誤解があったようだ。乱暴したことに関してはこの通り詫びる」

屈強な身体を曲げ、大野は丁寧に詫びた。

侍たちも頭を下げ、奪い取った大小と十手を返してくれた。

「加瀬が姿をくらました理由は我らが探る。もちろん、お香という娘の探索も致そう。若さまにも確かめよう」

「しかと頼みます」

源太郎はしっかりと見返した。

三島藩邸を出てから、

「何がどうなっているんでしょうね」

京次が呟いた。

「わからん、まこと、よくわからん」

源太郎も混乱した。

「ともかく、お香がかどわかされたってのは確かなことなんですから」

京次の言う通りだ。

「まずは、父上と話してみるよ」

源太郎は八丁堀へ歩を進めた。


源之助は八丁堀の組屋敷でくつろいでいたものの、血が騒いで仕方がない。しかし、磯川殺しの探索は自分には関わりないことだ。今回の影御用が呆気《あっけ》ないものであっただけに、殺しが起きたと聞いても探索できないことの歯がゆさを思ってしまう。

「善太郎のために、もっと頑張ってみるか」

源之助は呟いた。

そこへ、

「父上、お邪魔致します」

源太郎がやって来た。

源太郎は髷《まげ》が乱れ、小袖の襟《えり》元も崩れていた。

「ずいぶんと慌てているようだな」

落ち着けというように源之助は言った。

「すみません。どうしても父上からお聞きしたいことがございます」

息を整えるように、源太郎はゆっくりとした口調で切り出した。

「なんだ」

にこやかに源之助は問い直した。

「お香の一件です」

源太郎は切り出した。

「お香というと、そなた、磯川藤五郎さま殺しの一件を探索しておるのか」

「三島藩岩村さまの御家中が関わっておるようですので、直接に殺しの探索を行っておるわけではありませんが、ただ、それと絡んでおると思われまして……。それに、お香が何者かにかどわかされたのです」

「かどわかされただと……」

さすがに源之助も驚いた。

「それで、三島藩邸に行ってきたのです」

源太郎は三島藩邸訪問の経緯を語った。

「お香の行方は知れません」

源太郎は唇を嚙む。

「加瀬殿は行方知れずか」

源之助はうなった。

「父上は加瀬殿からお香の身辺を調べることを頼まれたのですね」

「その通りだ。若さまの側室になるにふさわしい娘であるかないかをな。まこと、申し分のない娘であった。しかし、藩内には若さまが町娘を側室に迎えることに反対する勢力もあろう」

「わたしも、その反対勢力こそがお香をかどわかしたと見当をつけたのですが、それがどうも違うようで」

「反対勢力とはひょっとして、馬廻り方の大野玄蕃殿らではないか」

「まさしく大野殿です。しかし、大野殿はお香かどわかしには無関係であると申されました」

「まことに関わりがないのだな」

「大野殿が嘘を吐いたとは思えませんでした。また、妙なことに加瀬殿が行方知れずとなり、これは一体どうしたことだとすっかり戸惑ってしまった次第なのです」

「磯川さま殺し、案外と根深いものがあるのかもしれぬな。単に若さまの側室騒動だけではないような気がする」

源之助の考えに、

「父上もそう思われますか」

「間違いあるまい。ともかく、お香だな」

「なんとしても探し出さねば」

源太郎も手に力を込め、拳《こぶし》を作った。

「父上、お手伝いくだされ」

源太郎の頼みに源之助はうなずき、

「むろん、そのつもりだ。おまえの頼みというよりは、わたしの考えでお香を探す」

「お任せします」

両手を膝に置き、源太郎は頭を下げた。

「それにしても、思いも寄らぬ事態になったものだな」

源之助は渋面《じゅうめん》を作った。

いかつい顔が際立つ。

「かりにお香が無事に見つかって、岩村左衛門さまの側室になれたとして、それで幸せなのでしょうか」

「むろん、銭金に苦労することなく贅沢な暮らしをできようがな、それを幸せと思うかどうかは本人次第だ。それに、奥向きでの暮らし、決して気儘《きまま》なものではないぞ」

源之助は珍しく達観めいたことを言った。すると、源太郎も神妙な顔つきとなり、

「そうですよね。傍目《はため》で見れば、お香は町娘からやがてはお大名となるお方に見初められ、玉の輿《こし》となることは幸せの極みなのでしょうが、果たしてそれが幸せなのか」

そこへ久恵が入って来た。

「美恵《みえ》、大きくなりましたね」

久恵は美恵を連れて来た。よちよちと歩き、美恵は舌足らずな覚束《おぼつか》ない口調で源之助と源太郎に挨拶をした。源之助は目が細まった。

「源太郎、どうしたのですか。そんな難しい顔をして」

不審げに久恵が問うと、

「いえ、なんでもありません」

「ならば、美恵を抱いてやりなさい」

久恵に促され、

「美恵……」

源太郎は美恵を抱き上げた。途端に美恵は烈火のように泣き始めた。源太郎はうろたえ、

「美恵、何を泣いているのだ」

必死であやし始めた。

しかし、美恵は泣き止まない。

「どれどれ、貸してみろ」

源之助が源太郎に向かって両手を差し出す。腫れ物に触るような慎重さで源太郎は美恵を源之助に向けた。

源之助はそっと抱き寄せ、

「泣くな、泣くな、よしよし」

と、精一杯の笑顔を作って美恵をあやす。しかし、美恵は泣きやむどころかかえって泣き声を大きくするばかりである。源之助は懸命にあやした。

「何がそんなに悲しいのだ」

源之助は訴えかけた。

源太郎もおろおろとして見つめている。久恵が美恵を呼んだ。よちよち歩きで美恵は久恵の胸に倒れ込んだ。

久恵はしっかりと抱きしめる。美恵は泣き止み、笑みを浮かべた。波立った心を和ませる心安らぐ笑顔であった。

それを見て安心した源太郎が、

「美恵、かんの虫が騒いだということでしょうか」

「虫の居所が悪かったのだろうな」

源之助にはよくわからなかった。

「旦那さまも源太郎も今日は怖い顔をなさっていたからですよ」

ずばり久恵に指摘され、源之助と源太郎は顔を見合わせた。

「なるほど、源太郎、我ら、相当に焦っておるようだな」

源之助は頭を抱えて反省の弁を述べ立てた。

「いや、これは、いけません」

源太郎は満面に笑みを浮かべた。

すると、美恵も笑い声を上げた。それは楽しげであった。源太郎はふと、

「母上、女子の幸せとはどのようなものでございましょう」

と、問いかけた。

久恵はぎょっとして、

「何を突然に……」

助けを求めるように源之助を見た。

「源太郎、そのようなことを訊くものではない」

「どうしてですか」

「おまえ自身は答えを持っているのか」

「いえ……」

「ならば訊くな」

「わからないから尋ねるのです」

「このようなことは答えなどないのだ。それゆえ、問う方も答える方も答えに窮するものだ。また、このような問題にすらすら答える者は怪しげな者であるぞ。幸せとは何か、答えがないゆえ、人は働き学問をし、遊び、道に迷うのだ。それに答えられる者は贋者《にせもの》であるぞ」

源之助の言葉は妙に重かった。

七

明くる、十一日、終日かけて矢作兵庫助は辻斬りを追っている。

斬られた浪人星川は縄暖簾独楽屋近くの裏長屋に住み、長屋での評判は悪かった。酒癖が悪く、銭が入ると昼間から安酒を飲み、長屋の者たちを脅していたのだとか。

このため、殺されたと聞いても気の毒がる者は一人としていなかった。

そのため、奉行所でも下手人探しには不熱心である。しかし矢作にとっては自分が関わった男が殺されたとあって、八丁堀同心としての誇りを傷つけられた思いである。

「意地でも捕まえてやる。三途《さんず》の川の渡し賃を置いていったのも、気に障《さわ》るぜ」

矢作は舌打ちをした。

聞き込みを続けているが、目撃者は見つかっていない。闇に消え去った下手人を捕まえるのはとても無理だと思えてきた。

手がかりといえば、独楽屋だ。

やはり、下手人はあの店の中にいたのではないか。決め付けられないが他に手がかりはない。

「御免よ」

すっかり常連となった矢作が店に入ると、お万がにこやかに案内してくれる。

「旦那、毎度ありがとうございます」

お万は酌をしてくれた。

酒を飲みながら店内を見回す。数人の侍たちが飲んでいた。見かけた顔はいない。

この中に星川殺しの下手人はいないようだ。

暖簾を取り込む段になり、三々五々、客たちはいなくなる。

星川のように暴れる客もいない。

矢作はお万に礼を言って、表に出た。

帰り道、闇夜の中をゆっくりと歩く。今晩は酔っていないとは言えないが、しっかりとした足取りだ。

すると、時の鐘近くに差し掛かったところで強烈な血の臭いがした。

すかさず駆けだす。

路傍で侍が斬られていた。

屈んで検めると、うなじを斬られている。血の海の中に侍の亡骸は横たわっていた。

袖口から財布を出して確かめる。

「六文銭か」

矢作は呟くと苦々しい顔をした。

星川を斬った辻斬りの仕業に違いない。

六文銭を残していること、背後から斬りかかるという卑劣なやり口が証拠だ。

殺されたのは岩本町《いわもとちょう》に屋敷を構える御家人の次男宮本三四郎《みやもとさんしろう》だとわかった。

独楽屋には時折、顔を出すそうだ。

ところが、御家人の家では次男坊は厄介者、辻斬りに遭って命を失ったとあっては、家の恥だとして、病死扱いにさせて欲しいと言って憚《はばか》らなかった。このため、辻斬りの下手人探索はまたしても、おざなりな対応になった。

「許せねえ」

矢作は怒りをたぎらせた。

それは、下手人への怒りと同時に人が殺されているのに、ろくに探索をしようとしない南町奉行所の姿勢への不満でもあった。

辻斬りの探索の成果も上がらないところで、源太郎の屋敷に顔を出した。

あいにくと源太郎は留守で美津が応対した。

「兄上、お暇なのですか」

美恵をあやしながら美津はからかいの言葉を投げてきた。

「暇なもんか。殺しの探索に関わっておるんだぞ」

「殺しというと」

美津は目を輝かせた。

何かと奉行所の探索に美津は興味を示す。

「おい、おい」

辟易《へきえき》して矢作が返すと、

「よいではありませんか。どんな殺しなのですか」

美津は前のめりになった。

「辻斬りだ」

「どのような」

「侍が二人、斬られた。一人は浪人、一人は御家人だ」

「まあ、そうなのですか。実は源太郎さんが探索に当たっているのも辻斬り、お侍が斬られたのですよ」

美津が言うと、

「どこでだ」

「ええっと、日本橋本石町の時の鐘の近くだそうですよ」

「斬られたのは……」

「直参旗本小普請組、磯川さまだそうです」

「金を奪われていたか」

「物盗りの仕業ではないということです。なんでも、大金には手をつけられていなかったそうです」

「そうか……、じゃあ、下手人が同じということはないな」

矢作は六文銭だけが残されていることは黙っていた。

これは、口外《こうがい》していない。

というのは、辻斬りが起きた場合、区別をするためである。

「兄上が追いかけておられる辻斬りは物盗りが目的なのですか」

「そうだ。大金というわけではないがな」

ぼんやりと考えながら矢作は答えた。

「兄上、なんだかうわの空になっていますね」

美津が言うと、

「ああ、そうか、それは悪かったな」

矢作は言うと腰を上げた。

「源太郎さんを待たないのですか」

美津に言われても、

「ああ、また来るよ」

心、ここにあらずといった様子で矢作は出て行った。

「変な伯父《おじ》上ですね」

美津は美恵に語りかけた。

第三章　女の幸せ

一

十二日の朝、善太郎は朝餉を食べ終えたが、満腹なのに物足りない。このところ、寅松が来ないからだ。病気でもしたのか、あるいはお香が自分のことを嫌い、杵屋には行かせないようにしているのか。

まさかとは思うが不安で胸が一杯になった。

善右衛門に、

「寅松、どうしたんだろうね」

「そういやあ、このところ顔を見ないな。だがら、納豆は食べられないよ」

などと、暢気《のんき》なことを善右衛門は返した。

善太郎は杵屋を出てお香の住む長屋へと向かった。


長屋の木戸に着き、路地を覗いた。

あくまで行商の途中で立ち寄った風を装うため、今日も履物《はきもの》を入れた風呂敷包みを背負っている。

女房たちがなにやら話し込んでいる。善太郎は愛想笑いを浮かべ、路地を歩いて行った。真新しい履物を履いた女房たちはにこにこしながら善太郎に、

「履き具合、いいよ」

などと、礼を言ってきた。

善太郎はお辞儀を返し、お香の家の前に立つ。

「御免よ」

声をかけ、腰高障子を開けると同時に寅松が勢いよく飛びだして来た。出会いがしらに二人はぶつかり、

「おい、気をつけろよ」

善太郎が文句を言うと、

「それどころじゃないよ」

額を手でさすりながら寅松は訴えてきた。

「どうしたんだよ」

「姉ちゃんがかどわかされたんだよ」

「ええっ……」

頭の中が真っ白になった。

寅松は路地を木戸に向かって走る。

「ええじゃないよ」

「待てよ」

「待ってられるかい」

寅松が木戸を出たところで追いつき、お香が行方知れずとなった経緯を確かめた。

「八丁堀の旦那、蔵間さまの息子さんがさ、探してくれているんだけど、まだ見つかっていないんだ」

いつもの生意気さは影をひそめ、寅松は肩を落とした。善太郎も危機感が募るばかりで何をどうしたらいいのかわからない。とりあえず、風呂敷包みを道端に下ろした。

「闇雲に探し回っても見つからないぞ……」

ため息混じりに善太郎が呟くと、

「じゃあ、どうすりゃいいんだよ」

寅松に責められ、自分の無力さを痛感して情けなくなった。何も算段が浮かばず困り果てて善太郎は言った。

「無事に帰って来ることを祈ろう」

「姉ちゃんはね、神隠しに遭ったわけじゃないんだ。人にさらわれたんだよ。侍にね」

寅松は憤った。

「侍だと……」

「そうらしぃよ」

寅松は空を見上げた。

「どこかの武家屋敷に連れ去られたのかもしれないんだな。そうだとしたら、御奉行所じゃ、手出しできないぞ」

「蔵間の旦那でもかい」

「町奉行所は武家屋敷には踏み込めないんだ」

善太郎が顔をしかめると、

「じゃあ、侍だったら姉ちゃんをさらっても文句言えないってことかよ。そんな馬鹿なことあるかい」

　声を張り上げ、寅松は騒ぎ始めた。

「落ち着けよ」

「落ち着いていられるわけないだろう。若旦那みたいにね、おいら、能天気じゃないんだよ」

「言ったな、よし、あたしに任せな」

　善太郎は胸を張った。

「大きく出たな。勢いで言ったんじゃないよね」

「あた棒だよ。あたしにはね、ちゃんと考えがあるんだ。お侍にかどわかされたとすると、お姉ちゃんをさらったのは美鈴を使っている侍だよ。美鈴でお姉ちゃんを気に入ったんだ。だからさ、美鈴から手繰《たぐ》るんだよ」

「手繰って武家屋敷の見当をつけるってことか」

　寅松は乗ってきた。

「これでもあたしはね、武家屋敷に出入りする商いは数々やってきたんだぞ」

「若旦那、見直したよ」

「見直すのは姉ちゃんを見つけ出してからさ」

かすかながら光明が見えてきて善太郎は勇み立ち、風呂敷包みを背負った。

善太郎と寅松は美鈴にやって来た。

寅松が、

「女将《おかみ》さん、姉ちゃんがかどわかされちまったんだ」

「そうだってね。北町の旦那に聞いたよ。ほんと、災難だ」

「それでさ、姉ちゃんのこと気に入っていた侍を教えて欲しいんだよ」

「見初めたってこと」

女将が首を傾げると善太郎が割り込み、

「お香さんのことを特に気に入っていたお侍はいませんかね。ひょっとして、その侍がお香さんをかどわかしたんじゃないかって、疑っているんです。勘繰り過ぎかもしれませんが、何か手がかりが欲しいって思いましてね……」

女将は二度、三度うなずいて、

「そりゃ、なんといっても三島藩岩村さまの御家中ですよ」

答えてから、ここだけの話だよと釘を刺した。

「女将さん、ありがとう」

善太郎と寅松は美鈴を出た。

落ち着いて考えてみれば、お香が三島藩邸にさらわれたなど、根拠薄弱も甚《はなは》だしいのだが、何もせずにはいられない。

藁《わら》をもすがる思いだ。

「よし、あとは任せな。あたしが三島藩邸を探ってくるからね。幸い、三島藩邸には出入りしているんだよ」

「おいらも行くよ」

当然のように寅松は頼んできた。

「寅松は家で待ってな」

「居ても立ってもいられないんだよ」

寅松の気持ちはよくわかる。

「わかった。一緒に行こう」

二人は三島藩邸に向かった。

藩邸の裏門の番士に善太郎は履物の商いに来たことを伝え、藩邸内に入れてもらった。裏門から御殿の勝手口に進む。寅松はきょろきょろと見回す。

「きょろきょろするな」

善太郎は小声で注意を与えた。寅松は神妙な面持ちとなり、善太郎のあとをついて来た。勝手口の近くになり、風呂敷包みを下ろした。

台所仕事をしていた女中たちが集まって来た。

「お姉ちゃんたち、きれいな履物ばかりだよ」

寅松が声をかける。

続いて、

「どうぞ、手に取ってご覧ください」

善太郎は履物を頭上に掲げた。

寅松は雪駄《せった》を一つ手に取り、女中たちに差し出す。納豆の行商をやっているだけに、手馴れた様子だ。相手が誰であろうと物怖《ものお》じしない腕白な気性と相まって、連れて来て良かったと善太郎は思った。

負けていられないという競争心も芽生える。

「きれいな、履物ばかりでしょう」

善太郎は愛嬌たっぷりに勧める。女中たちはきれいねと手に取り始めた。

「わたしには派手だよね」

年配の女中が迷う風だ。

「いや、お似合いですよ」

声を甲高《かんだか》くし善太郎は褒め上げる。

「そうかしらね」

女中は満更でもない顔つきになった。

「履いてみてはいかがですか」

「悪いわ」

遠慮しながらも女中は履いた。

引き続き女中たちの機嫌を取りながら、履物を勧める。

すると、

「おいら、しょんべんがしたくなったよ」

寅松は身をよじらせた。

「おや、それは大変ね」

女中の一人が厠《かわや》へと案内してくれた。

「ここの御屋敷は広いな、大きいな」

好奇心に駆られたように寅松は周囲を見回す。

「あそこだよ」

女中に教えられ、寅松は厠へと向かった。女中の姿が見えなくなったところで、

「さて、と」

寅松は裏庭をあれこれと散策し始めた。

侍たちが歩いて来る。植込みの陰に身を潜《ひそ》め、侍たちのやり取りに耳をすませた。

「若さま、がっかりされておられましょうな」

「若さまに側室は早い。若さまに取り入ろうと加瀬が企んだのだろう。加瀬め、行方をくらましているそうではないか。側室に勧めた町娘の養女縁組が壊れ、進退に窮しておるのかもしれんな。本石町の用務方屋敷にもおらんようだ」

「ふん、何が用務方屋敷だ。潰れそうな旅籠を借り受けているだけではないか。江戸市中を遊び歩く根城だろう」

「加瀬の奴には腹が立つが、その町娘を見てみたいものだ」

「日本橋本石町の料理屋美鈴の女中だそうだぞ。名は確か、お香とか……。加瀬は若さまを用務方屋敷視察という名目で、美鈴に立ち寄らせたということだぞ」

「ずいぶんと値の張る料理屋だろう。我らには行けぬな。加瀬め、藩の公金で飲み食

いをしおって」

侍たちは加瀬の悪口を並べながら立ち去った。

「若さまが姉ちゃんを側室に……」

寅松は声を上げそうになった。


善太郎は盛んに履物を勧め、女中たちも欲しそうな顔になっている。年配の女中が、

「加瀬さまに頼みましょうね」

それを受け善太郎が、

「ああ、そうだ、加瀬さま、いらっしゃいますか」

加瀬なら先だって父善右衛門を訪ねて来た。何やら頼み事があったようだ。

「加瀬さまは、なんでも屋さんでお忙しいから、すぐには会えないわよ」

女中の言う通り、加瀬は不在であった。

二

その加瀬九郎次郎は十日、藩邸を出てから、磯川屋敷に身を寄せていた。大野たち

がお香を左衛門の側室に迎えることに憤りを示している。磯川家への養女縁組がご破算となった今、大野たちに糾弾されることを怖れ、行方をくらましたのだ。

居間で伏見三太夫が、

「加瀬殿、いかがしますか」

「まったく、算段が外《はず》れた」

加瀬は苦虫《にがむし》を嚙んだ。

「ともかく、お香をいつまでもここに置いておくわけにはまいりませんぞ」

「どれ、お香の具合を見るか」

加瀬は伏見を促した。

伏見が案内に立ち、御殿の廊下を進んで奥座敷へと向かった。閉じられた襖に向かって、

「失礼致します」

伏見が声をかける。返事はなかったが、伏見は襖を開けて中に入った。

座敷の真ん中でお香が座っていた。

お香はじっと加瀬を見返した。加瀬はお香の前に腰を据えた。

「加瀬さま、帰してください」

お香は訴えた。

「まあ、そう、急ぐな」

加瀬が穏やかに返す。

「でも、弟も心配しておりましょうし、きっと、わたしのことを探している人たちもいることでしょう」

お香が反論すると、

「養女のことを承知すれば、すぐにも帰すと申したではないか」

「磯川さまの養女となれと申されましても、わたしには戸惑うばかりです。磯川の殿さまのこと、わたしは存じあげませんし」

「美鈴で会ったではないか」

「それは、お客さまと女中ということで接したのでございます」

「そなた、ずっと磯川殿の給仕をしたのだ。磯川さまの人となりはわかったであろう」

加瀬の言葉を受け、

「まこと、殿は表裏のなきお方ゆえ、そなたが見たままじゃぞ」

伏見も言葉を添える。

「ですが、磯川さまはお亡くなりになったのでございましょう」

困惑の度合いを深め、お香が問い直すと、

「算段は致しておる」

伏見が答え、加瀬もうなずく。

養女縁組は磯川が亡くなる前に整っていたことにする、ということだ。

「そんなことが通用するのでしょうか。第一、わたしは嘘を吐くことなどできません」

「なんとか頼む。当家も殿が亡くなり、困っておるのだ」

この通りだと伏見は両手をついた。お香は困りますと抗《あらが》い、

「それで、わたしはいつまでここにいればよろしいのですか」

「養女縁組を承知してくれたらすぐにも帰す」

伏見は声を励ました。

「では、せめて、弟にわたしが無事でいることを知らせてくれませんか。そして、弟もこちらの御屋敷に連れて来てはくださいませんか」

お香の頼みを、

「ならん」

伏見は即座に断ったが、

「よかろう。使いを立てる」

加瀬は受け入れた。


加瀬と伏見は奥座敷から出ると居間に戻った。

「加瀬殿、あのようなことを約束してよろしいのですか」

伏見が不満を述べると、

「ひとまず、安心させておけばいいのですよ。養女縁組の段取りが整うまで」

加瀬はにんまりと笑った。

伏見も納得したようにうなずいた。

「さて、お香、うまくこちらの段取りを踏んで動いてくれればよいのですがな」

加瀬は思案を巡らすように言った。

「それにしても、殿、何者に殺されたのでしょう」

伏見は首を捻った。

「大野一派でござろう」

「あの武骨者ですな。あの者なら若さまに側室を迎えることなど、しかも、町娘などと聞いたら激高し、断固阻止に動くことでしょう」

「大野一派は藩内での実権を握ろうと躍起になっておりますのでな」

加瀬は苦々しそうにうめいた。

「まさか、当家も三島藩の御家騒動に巻き込まれてしまうのでござるまいな。嫡男の元三郎《げんさぶろう》さまは元服したばかりでござる。滞《とどこお》りなく家督をお継《つ》ぎにならねばなりません」

「わかっております。磯川家には決して累《るい》が及ばないように致します」

「正直なところ、拙者、お香を当家の養女にすること、やはり無理があると存じます。お香が承知するとは思えませんのでな」

弱気を見せる伏見に、

「なに、お香とて気持ちが落ち着けば承知することでしょう。なんのかんのと申しても、大名家のお世継ぎの側室という玉の輿《こし》に乗ることができるのですからな」

加瀬は励ますように言った。

しかし、伏見の不安は広がる一方のようで、

「やはり、殿が亡くなってから養女縁組を整えるのは無理があります。当家ではなく、他を当たるのがようござらんか」

「それでは、これまでに重ねてきた段取りが御破算になりますぞ。また、一から探すとなると、一体、いつのことになるのやら」

途方に暮れるように加瀬はため息を吐いた。

「それでは、拙者が小普請組の旗本の方々を当たりましょうか」

「伏見殿にそのようなお手を煩《わずら》わせることはできませぬ」

「いや、その点はお気遣いなく。拙者、殿のためにも、尽力致す所存でござる。それから、これは、お返し致します」

伏見は百両を加瀬の前に置いた。

「いや、これは、一旦、差し上げた金子《きんす》です。今更、お返しくだされとは申しません」

加瀬は戻した。

「いわれなき金子を受け取ったのでは、亡き殿に叱責されます。殿は武士道に恥ずべき行いは慎めというのが口癖でございましたゆえ」

伏見は毅然と返した。

「さすがは、磯川家、と申したいところでございますが、わが藩とて一旦、出した金子を受け取ることはできません」

加瀬も意地になった。

すると伏見が、

「よもやとは存じますが、加瀬殿は当家の台所事情が楽ではないと同情して、この金子を恵んでくださる所存ですかな」

伏見の目が尖った。

加瀬はあくまで冷静に、

「そのようなことはございません。どうしても受け取れぬとおしゃられるのなら、香《こう》典《でん》としてお収めくだされ」

と、頭を垂れた。

伏見はしばらく考えていたが、

「わかりました。ご好意に甘えると致します」

いかにも渋々といった様子で受け取った。

やれやれといったように加瀬は安堵のため息を漏らす。

「さて、では、拙者は心当たりの旗本屋敷を訪れるとします」

改めて伏見が申し出ると、

「いや、おやめくだされ！」

加瀬は強い口調で制した。

優男《やさおとこ》然とした加瀬の顔つきが不似合いに険しくなった。気圧《けお》されたように伏見は言葉を飲み込む。

不安そうな表情のままの伏見を残し、

「では、これにて」

加瀬は出て行った。

伏見は百両を持ち、ため息をついた。

「さて、どうするか」

お香をいつまでもこの屋敷にとどめておくわけにはいかない。

伏見は立ち上がった。

三

すると、

「許せよ」

玄関で声がした。

伏見が不審げな顔で玄関に向かう。すると、一人の武士が立っていた。身形《みなり》の立派な若侍である。

「どちらの……」

来訪者の素性を確かめようとしたところで、

「若さま」

加瀬が戻って来た。

伏見は目を白黒とさせたが、さっとその場で平伏をした。

「上がってもよいか」

左衛門は問いかけておいて、伏見の返事を待たずに玄関を上がった。

「若さま」

加瀬が諫めようとしたが、

「若さま、どうぞ、こちらへ」

伏見は客間へと導いた。

「忍びゆえ、苦しゅうない。ぞんざいな扱いでよいぞ」

左衛門はにこやかに告げ、客間へ入った。

「ただ今、粗茶を用意致します」

伏見が言ったところで、

「まずは、磯川殿のご冥福を祈りたい」

左衛門の頼みに伏見は恐縮しつつ仏間へと案内した。

「あいにく、奥さまはご親戚に出向いておられます」

おずおずと伏見が告げると左衛門は、「苦しゅうない」と返してから、香典だと金子を渡した。それから、仏壇に向かって手を合わせる。

加瀬も伏見も合掌した。

ひとしきり磯川の冥福を祈ってから、左衛門は伏見と加瀬に向き直った。

「それで、達者か」

左衛門は尋ねた。

「はい、拙者は息災で」

伏見が答えたところで、

「その方ではない」

左衛門は顔を歪めた。加瀬が伏見に、

「お香のことです」

「あ、これは、失礼致しました。はい、息災に過ごしております」

伏見は言上《ごんじょう》した。

左衛門は苦笑混じりに、

「それで、わしの側室になること、お香は承知したのか」

「は、はい、伝えましてございますが、その……」

伏見がしどろもどろとなったため、

「承知せぬのか」

左衛門は不機嫌になった。

伏見がうなだれると、

「磯川殿が非業の最期を遂げられ、永年に亘《わた》って仕えた伏見殿は苦慮なさっておられるのです」

加瀬が助け舟を出した。

「いや、悪かった。そうであるな……。わしの至らぬところだ。事を性急に進めたがる」

自分を戒《いまし》めるように呟くと、仏壇に向かって頭を下げた。

「畏れ入りましてございます」

伏見は両手をついた。

左衛門は加瀬に向き直った。

「加瀬、磯川殿を殺《あや》めた者、大野らであると申しておったな」

「それ以外には考えられません」

低い声で加瀬は答えた。

「大野らにはわしが確かめる。磯川殿を殺めたなら、必ず処罰する。よし、わしは会うぞ」

左衛門は立ち上がった。

「若さま、どこへ行かれますか」

加瀬が制すると、

「お香に会うに決まっておろう。案内せよ」

左衛門は立ち上がった。加瀬と伏見は顔を見合わせたが、伏見が案内に立った。加瀬も付き従う。

「御免」

伏見が空咳《からぜき》をしてから奥座敷の襖を開いた。

お香は黙然と座っていた。

「三島藩岩村家の若さまじゃ」

伏見が告げるとお香はぼおっとしたが、伏見に促され、はっとして両手をついた。

「苦しゅうない。お香、面《おもて》を上げよ」

左衛門は声をかけた。お香は戸惑いながらも顔を上げる。

「うむ、見目麗《うるわ》しきかな」

左衛門は満足そうにうなずく。

お香は黙っている。

加瀬が、

「若さまはな、そなたをいたくお気に召したのだ」

「もったいのうございます」

お香は遠慮がちに返した。

加瀬が、

「それでな、若さまはそなたを側室に迎えたいとお望みなのだぞ」

「加瀬さまと伏見さまにも申しましたが、わたしはお大名のお世継ぎさまの側室になるような女ではございません。二親《ふたおや》もいない、町娘、料理屋の女中でございます」

肩を震わせお香は訴えかけた。

「そなたの素性は承知しておる。その上で、側室に迎えたいのだ」

左衛門は言った。

「身に余ることにございます。ですが、わたしにはお大名の側室など、とても務まるものではありません」

加瀬が、

「そのようなことはない。若さまが見込まれたのだ。それにな、そなたの評判、美鈴で耳にするのはまことによきものだ」

自信を持てとお香を励ます。

「ですが、お武家さまの暮らしなどしたことがありません。礼儀作法などなっておらぬと存じます」

「これから学べばよい」

加瀬は説得にかかった。

「今更、そんなことできません」

お香は抗う。

加瀬が伏見に目配せをした。伏見は深々とうなずく。

そして、

「こちらの磯川さまの御屋敷で武家の礼法、作法を学ぶがよい」

加瀬に言われ、

「こちらの御屋敷で……、で、ございますか」

お香は呆然とした。

「遠慮はいらぬ。作法を学ぶがよい」

伏見も勧めた。

「しかし……」

お香は気が進まないようだ。

「礼儀作法を学べ。そして、若さまの側室となるのだ。さすれば、そなたは望む物を手に入れることができ、きらびやかな着物、小間物を身に着け、芝居見物を楽しみ、豪勢な料理に舌鼓を打つことができるのだぞ。美鈴には女中としてではなく、賓客として行けるのだ」

加瀬は笑顔を送った。

「わたしはそのようなことは望んでおりません。今の暮らしで十分でございます」

「そなたは、懸命に暮らし、身の回りにしか目配りができないからだ。それは無理からぬことでな、きらびやかな暮らしをしてみれば、それを楽しむことができるのだ」

熱っぽく加瀬は語りかけたが、

「いいえ、わたしは今のままがよろしゅうございます」

きっぱりとお香は拒絶した。

「果たして、そなたの弟はなんと思うであろうな」

加瀬は思わせぶりに言葉を止めた。

「寅松……」

はっとしたようにお香は言葉を飲み込んだ。

「寅松、まだ子供の身でありながら、天秤棒を担ぎ、けなげに働いておるではないか。寅松を苦労から解き放ってやりたいとは思わぬのか」

優しく加瀬は語りかけた。

優男然とした面持ちゆえ、いかにもお香の幸せを願っているかのようだ。寅松のことを持ち出され、

「それは……」

お香の目が彷徨《さまよ》った。

「若さまはな、当然のこと、寅松の暮らしも気遣ってくださる。金子はもちろん、なんなら、岩村家中の侍に取り立ててもよいということだ」

加瀬はちらりと左衛門に視線を送る。

「いかにも、加瀬の申す通りだ」

左衛門も認めた。

「どうだ」

加瀬はお香に向き直る。

「寅松はとてもお侍なんぞになれる者ではございません」

「そんなことはわからんではないか。案外と、本人は喜ぶのではないか。腕白な小僧ゆえ、侍になることができると耳にすれば喜びで勇み立つと思うぞ」

加瀬は強く勧める。

お香は気が進まない様子だ。

「寅松に確かめてはどうだ」

左衛門が言った。

加瀬は危ぶんだが、

「では、うちに帰してください」

お香は叫び立てた。

左衛門は目を白黒させて言った。

「帰してくれとは、どういうことだ。帰ればよいではないか」

伏見と加瀬は口をつぐんだ。

「加瀬、どういうことだ」

「それは……」

答えられず加瀬は面を伏せた。

左衛門はお香に視線を向け、

「お香、帰るがよい。そして、寅松に確かめよ」

「ありがとうございます」

お香は立ち上がった。

四

その頃、寅松は自宅に帰っていた。

善太郎も付き添う。

「とにかく、姉ちゃんが見つかるまでは、うちに来たらどうだい」

善太郎が勧めたが、

「いや、おいら、じぶんちで姉ちゃんの帰りを待つよ。それより、岩村さまの御屋敷で聞いたこと、本当かな」

寅松はいぶかしんだ。

「お姉ちゃんが、岩村さまの若さまの側室になるってことかい」

「そうだよ……。本当に側室になるのかな」

寅松は半信半疑である。

「よくわからないけど、おまえ、もし、本当にお姉ちゃんが岩村の若さまの側室になったらどうする」

「どうするって、そうだな……」

寅松は思案を始めた。子供心にお香の心配をしているようだ。それから善太郎に向いて、

「若旦那はさ、どうなんだよ」

思わせぶりな笑みを向けてきた。

「どうって、そりゃ……、そりゃ、お姉ちゃんにとっては幸せなんじゃないかな」

善太郎は言葉に詰まった。

「本当かい」

寅松は首を捻る。

「どういう意味だよ」

「だって、若旦那は姉ちゃんと夫婦になりたいんだろう」

「だからなんだよ」

「若さまの側室になってもいいのかい。取られちゃってもいいのかい」

「そりゃ、その方が、お姉ちゃんにとっちゃあ、幸せなんじゃないか」

しょぼくれた善太郎の肩を寅松は叩いて言った。

「そんなことわからないじゃないか」

「どうしてだよ」

「だってさ、お大名の屋敷で暮らすなんてさ、いいとは思えないもの。そりゃ、きれいな着物は着られるし、美味《うま》いもんだって食べられるだろうよ。でもさ、好き勝手には暮らせないよ。いっつも、周りには人がいてさ、口うるさいお局《つぼね》さまに見張られてさ、あくび一つもできやしないんだからな」

「わかったような口をきくなよ」

「おいら、間違ったことを言っているかい」

「寅松の言う通りだと思うよ。ただ、お姉ちゃんがどう思うかだよ。お姉ちゃんが側室の暮らしを望むかもしれないじゃないか」

「姉ちゃんの気持ち次第だとは思うけどさ、おいら、姉ちゃんは若さまの側室になんて、なりたくないと思うけどな」

「そう思うか」

期待で善太郎の声が上ずった。

「思うよ」

自信たっぷりに答える寅松に、

「寅松はどうなんだよ。お姉ちゃんに側室になってもらいたいのかい」

「だから、姉ちゃんの気持ち次第だって、言ってるじゃないか」

「いや、そういうことじゃなくてさ、お姉ちゃんが側室になったら、おまえも岩村さまに召抱えられるかもしれないぞ」

「召抱えられるって、岩村さまの家来になるってこと……、おいらが侍になるってことか」

腕を組んで寅松は首を傾げた。

「そうだよ、おまえ、侍になりたくはないのか」

善太郎は寅松の顔を覗き込んだ。

「侍か……。刀を差して、往来を大いばりで歩けるんだよね。天秤棒担いで、なっと、なっとお〜、なんて売り歩かなくてもいいってことか」

うれしそうに語る寅松に善太郎は不安を覚え、

「なりたいだろうな」

「面白そうだな……。う〜ん、でも、やっぱり、おいら、今のままでいいや。納豆を売り歩いている方が気が楽だよ。お侍の暮らしなんて堅苦しくていけねえや」

寅松の答えに善太郎は破顔した。

「そうだよな。おまえが侍なんて、おかしいよ」

「だからさ、若旦那は頑張りなよ。たとえ、相手が四万五千石の若さまでもさ、負けちゃいけないよ」

寅松に励まされ、善太郎は幾分か心強くなった。

「ありがとうな。寅松は千人力だよ。頼もしい奴だ」

善太郎は盛んに寅松を持ち上げた。

すると、

「御免、許せよ」

源之助が腰高障子を叩いた。善太郎が腰高障子を開け、

「これは、蔵間さま」

ぺこりと頭を下げると、

「寅松、探したぞ」

源之助は寅松を見た。寅松が答える代わりに善太郎が、

「実は、二人で一緒にお香さんを探していたんですよ」

と、三島藩邸に探りに入った経緯をかいつまんで語った。源之助は苦《にが》い顔になり、

「無茶をするな……、といっても、すんだことだがな」

寅松が、

「蔵間の旦那、三島藩邸でさ、岩村さまの家来たちが言ってたよ。姉ちゃんが若さまの側室になるって。本当かな」

「そのようだな」

源之助が答えると、

「蔵間さま、ご存じだったんですか」

善太郎が驚きの顔を向け、

「まあな」

源之助は曖昧な生返事をしてから表情を引き締め、

「それで、お香は屋敷内にはおらなかったのだな」

「いないようでした」

善太郎が答えた。

寅松が、

「ひょっとして、殺されちゃったのかな」

「そんなこと考えるなよ」

善太郎が返したところで、

「だってさ、姉ちゃんが若さまの側室になることを面白くない人たちもいるんでしょう。だったらさ、姉ちゃんが邪魔なんじゃないのかな」

物騒な寅松の言葉に善太郎は慌てた。

「そうなんですか、蔵間さま」

「今のところ、お香の所在は知れない。娘の亡骸が見つかったという話も聞かない。源太郎がお香の行方を探しているところだ」

「でも、まだ、見つからないんでしょう。お侍に連れ去られたってこと以外、手がかりはないんですから、町方は武家屋敷を探りに入れませんよね」

善太郎は突っ込んできた。

「むろん、その手立てを講じておるところだ」

苦しい言い訳めいたことを源之助が返したところで、

「ああっ」

寅松の顔が輝いた。

腰高障子が開き、お香が帰って来たのだ。

「お香さん……」

善太郎は口を半開きにしたまま固まってしまった。

源之助は落ち着いてお香を迎えた。

お香は源之助にこくりと頭を下げると寅松を見た。寅松はお香に歩み寄り、

「姉ちゃん、どこへ行ってたんだよ」

笑顔を険しくさせた。

「御免ね」

お香は寅松の頭を撫でた。

源之助と善太郎は姉弟の再会をしばし見守った。

それから、

「どこに連れ去られたのだ」

源之助が問いかけると、

「磯川さまの御屋敷です」

「殺されたのですか、亡くなられた、殺されたではないか」

お香は磯川の冥福を祈ってか両手を合わせ、次いで磯川の屋敷での滞在の様子を語った。

「やっぱり、姉ちゃん、岩村の若さまの側室に迎えられるのかい」

寅松の問いかけに、

「そんなことを言われたけど……」

お香は戸惑いを隠せないでいる。

「それで、姉ちゃん、側室になるのかい」

寅松の横で善太郎は心配そうに目をぱちくりさせている。

「わたしは、お大名の側室だなんて、とってもなれないわ。お武家さまの暮らしなんてできるわけがない」

善太郎はほっとした安堵の表情を浮かべた。

それから、

「寅松はお侍になりたいの」

お香に問い返され、

「侍なんて、なりたくないよ」

寅松は善太郎に言ったことを繰り返した。

「そうだよな、侍なんかなりたくないよな。堅苦しくてさ」

善太郎は言ってから源之助に気付き、

「こりゃ、すいません。蔵間さまは別ですよ」

と、調子のいいことを言った。

「いや、侍は堅苦しい。確かに、望んでなるものではないぞ」

源之助は苦笑した。

「じゃあ、断るわよ」

お香は念を押した。

「うん、いいよ」

寅松も応じた。

「して、どうする」

源之助が問いかけると、

「明日、岩村さまの御屋敷に出向きまして、返事を致します」

いつものようにしっかりとした口調でお香は言った。

「それは、危ないですよ」

善太郎が危惧すると、

「飛んで火に入る夏の虫になるよ」

寅松も言う。

「でも、若さまを訪ねればきっと大丈夫ですよ」

他人に迷惑をかけたくないのか、お香は自分一人で行く気のようだ。

「わたしが、付き添う」

たまらず、源之助は申し出た。お香が遠慮する前に、

「お願いします」

善太郎からも言われてしまった。

お香は申し訳なさそうに頭を下げた。

「よかったね、若旦那」

寅松が善太郎に微笑《ほほえ》んだ。善太郎は黙っている。

「そうだな」

源之助も励ますように善太郎を見た。

五

その日の夜、源之助は源太郎を自宅に呼んだ。源太郎にお香が磯川屋敷に連れ去られていたことを教え、

「明日、お香の付き添いで三島藩邸に赴《おもむ》き、若さまに断りを入れるつもりだ」

「これで、お香の一件は落着と考えてよいのでしょうが、問題は磯川さま殺しです」

「手がかりもなしか」

「聞き込みの人数を増やしているのですが、日が過ぎたこともあって、うまい具合に進展しません。言い訳ですが、お香かどわかしの探索に手を取られたことも響いています」

「わたしも、磯川さま殺害は三島藩内のお香を側室に迎えたくはない一派の仕業《しわざ》だとばかり思っておった」

「やはり、違うということでしょうか」

「違うかもしれんな」

「ということは探索は振り出しに戻ったということですね」

源太郎は考えあぐねた。

「明日、藩邸に出向いた際に、もう一度探りを入れてみる」

「お願い致します。といっても、もし、三島藩内に下手人《げしゅにん》がいるのだとしたら、我々町方では手出しできません」

複雑な思いを源太郎は抱いたようだ。

「ともかく、真実を明らかにしなければならん」

源之助が言ったところで、

「親父殿」

玄関で矢作兵庫助の声が聞こえた。何故か、ほっとした。廊下を踏みしめる足音が高らかに聞こえ、

「よお」

五合徳利を提げて矢作が入って来た。

「どうした、親子で陰気な顔をして」

矢作はどっかと座った。

「暇か」

源之助が言うと、

「暇なもんか」

矢作は心外とばかりに顔を歪めた。

「何か事件に首を突っ込んでいるのか」

源之助の問いかけに、

「なんだか、奇妙な殺しだ」

矢作は湯飲みに酒を注いだ。

「面白そうだな」

源之助は笑みをこぼした。殺しと聞いて笑顔になるとは不謹慎で、八丁堀同心の因果を感じてしまうが、胸のうずきはどうしようもない。

「親父殿、うれしそうだな」

「おまえがつまらない事件を持ち込むことはないだろうからな」

「言ってくれるな」

矢作は酒を飲んでからおもむろに語り始めた。

「侍を狙った辻斬りが出没しているんだ。日本橋本石町の時の鐘に近くでな、二件起きた。あ……、源太郎が追っている旗本殺しとは無関係だぞ」

「辻斬りがそんなにもおかしな事件なのか」

源之助が問いかけると矢作がうなずく。

「二件とも金品を奪うのだが、銭六文だけ残されていた。その上、背後から襲うという卑劣なやり方だ」

「下手人、三途の川の渡し賃だけは残しているということか」

興味を抱き、源之助が問いかける。

「斬った者を哀れんでのことなのか悪ふざけなのか、見当がつかん」

矢作は薄笑いを浮かべた。

「そもそも、金品目的ではなく、たとえば、腕試しとか、刀の試し斬りが本来の目的なのではないのか」

「試し斬りにしては、奪った金は多い。一人は十両余り、もう一人は八両ほどだ。十両の方はうらぶれた身形の浪人でな、その日に限ってあぶく銭を持っていた。下手人は浪人が十両を所持していることを知った上で斬ったのだとおれは思う」

「なるほど、それなら下手人は絞れそうではないか」

「おれもそう思ったんだが、これが、一向に怪しい奴が浮かんでこない」

矢作は舌打ちをした。

「兄上は否定しましたが、磯川さまを斬ったのもそやつではないでしょうか」

源太郎が割り込んだ。

「磯川さまとは……」

矢作が奇異な顔をしたため、源之助がかいつまんで説明をしてから、

「しかし、磯川さまの亡骸には財布の他に大名家からの百両の支度金が残っていた。六文銭どころではないぞ」

と、同じ下手人であることを否定した。

「百両の支度金とはお大名は凄いもんだな」

矢作が驚きを示すと、

「やはり、磯川さま殺し、兄上が追いかけておられる辻斬りの仕業ではないということですね」

源太郎は納得した。

「矢作、なんなら、わたしが手伝ってもよいぞ」

源之助が申し出ると、

「親父殿の血を騒がせてしまったようだな」

「そういうことだ」

「あいにくだが、手伝いはご無用だ」

無情にも矢作は断った。

「意地を張るな」

「意地じゃないさ、下手人はふざけてやがる。なんとしてもおれの手でお縄にしたいんだよ」

「おまえらしいな」

「源太郎、親父殿に何か事件を世話したらどうだ」

「事件の世話など聞いたことがありませんよ」

源太郎らしい生《き》まじめさで言い返した。

「つくづく、洒落《しゃれ》のわからん奴だな、おまえは」

矢作は笑った。

「まじめだけが取り柄です」

源太郎はむっとした。

六

十三日の朝、源之助はお香を伴い三島藩邸に出向いた。

今日は御殿の控えの間に通された。お香は毅然としていた。やがて、加瀬を伴い左衛門がやって来た。

源之助とお香が挨拶を済ませてから、

「して、気持ちは固まったのだな」

左衛門は訊いてきた。

お香は左衛門を見返しながら、

「身に余る、お誘いですが、若さまの側室になること、謹んで辞退を致します」

左衛門はしばらくお香を見ていたが、

「そうか、残念だが、仕方あるまい」

お香の気持ちを受け入れてくれた。

加瀬が、

「よう、考えたのか」

お香は加瀬に向き、

「よく、考えた上での返事でございます」

毅然とお香は返した。

それでも加瀬の方は諦められないようで、

「弟もお侍にて召抱えてやるのだぞ」

「弟もお侍になることは遠慮したいと申しております」

お香が言ったところで加瀬が返そうとしたが、

「加瀬、もう、よいではないか。無理強いしてはならんぞ」

左衛門が制した。

加瀬は口をつぐんだ。

「お香、達者で暮らせ」

左衛門は快活に声をかけた。

「ありがとうございます」

お香は両手をついた。

意外とあっさりとした落着に源之助はほっとした。反面、見初《みそ》めた女に執着しないことが不思議でもある。欲しい物は手に入れなくては気がすまない左衛門だが、女には淡白ということか。

左衛門はさっと座敷から出て行った。源之助もお香を促し、立ち上がろうとした。

そこへ、

「御免」

と、足音高らかに部屋に入って来る者がいた。大野玄蕃である。

「加瀬、貴様、若さまをたぶらかしおって」

大野はいきなり加瀬に怒りをぶつけた。

おどおどとするお香を大野は睨んだ。

「この娘か。若さまを籠絡する道具にしようというのは」

大野は声を高くした。

源之助は、

「大野殿、その物言いには抵抗がありますぞ。言葉を慎んでいただきたい。お香には罪はないのです」

「お香に申しておるのではない。加瀬、おまえという奴は……」

大野の怒りは鎮まらない。

「やめてくだされ、当家の恥を晒すようなことですぞ」

加瀬が制すると、

「当家の恥とはその方のことだ」

大野は声を高めた。

「やめてください」

お香は耳を塞いだ。

決然と源之助が抗議した。

「何か込み入った事情がおありなのでしょうが、今、この場で争うのはやめていただきたい」

はっとして我に返り、

「いや、失礼した」

大野は詫びた。

加瀬は横を向いてむっとしてしまった。

「加瀬、必ず決着をつけるぞ」

大野は出て行った。

「やれやれ」

加瀬はうんざりとした顔で嘆く。

「いかがされたのですか」

源之助の問いかけに、

「まったく、困った男なのですよ」

加瀬は言った。

「それではわかりませんな」

源之助は返す。

「当家のことですので」

ばつが悪そうに加瀬は言うと、それきり説明しようとはしなかった。


またしても、辻斬りが発生した。

あの縄暖簾の近くの稲荷《いなり》である。今度の犠牲者もやはり侍で、浪人であるが星川のように素性不確かな者ではなく、近所の町道場の道場主、真田玄斎であった。

真田も背中を斬られていた。

「背中を斬るとは、卑怯な侍もあったもんだな。さすがの真田玄斎先生も後ろからやられたんじゃなあ……」

「侍も落ちぶれたら、なんでもやりやがるぜ」

「花は桜木、人は武士、なんてのは今は昔のこった。もっとも真田先生もご立派な道場主とはいえなかったぞ」

「そうそう。真田幸村の末裔なんて言ってたけど怪しいもんだったってよ」

野次馬たちは好き勝手に囁き合った。

矢作は野次馬たちを、

「邪魔だ、こら」

蹴散らした。

「けっ、乱暴な八丁堀の旦那だぜ」

文句を言いながらも関わりを恐れて遠ざかる。

真田の財布を取り出した。

探ると小銭を摑み出す。

「六文銭か」

呟いて矢作は唇を嚙んだ。

ふと見ると、粂吉が野次馬に混じっていた。矢作と目が合うとぺこりと頭を下げる。

矢作は粂吉に近づいた。

「惨《むご》い、殺しだ」

矢作が言うと、

「先頃起きた辻斬りと同じ者の仕業ですかね」

「おれはそう睨んでいる。真田というこの近くの道場主なんだそうだが、店には来たことがあるか」

「いいえ」

手を左右に動かし、粂吉は否定した。

「そうか」

ということは、縄暖簾独楽屋との繫がりはない。

独楽屋を巣窟として、餌食《えじき》を見定めていたという推量は間違っていたということになる。

「勘が鈍ったか」

矢作は天を仰ぎ絶句した。

ともかく、真田の道場を当たることにした。

道場は近くにあった。

流派は中西派一刀流、防具を身に着けて竹刀で打ち合うとあって、侍ばかりか町人も通っている。

侍たちも大名家の藩士、旗本の師弟も混じっていた。道場には、師範代の大野という男がいた。

道場に入る前の着替えの間《ま》で、矢作は大野と対面した。

大野はいかにも剣客といった、がっしりとした体格と黒く日焼けした精悍な顔つきの男であった。

「先生が斬られ、いきり立つ者を抑えるため道場におった。みな、落ち着いたようなので、これから亡骸を引き取りにまいる。ところで下手人はお縄にしたのか」

矢作が名乗る前に高圧的な物言いで問いかけてきた。むっとしながら、

「拙者、南町の矢作兵庫助と申します」

と、挨拶をした。

大野もさすがに無礼と思ったようで、

「これは失礼した。拙者、三島藩岩村伊勢守さま家来大野玄蕃と申す。真田先生の一番弟子である」

と、挨拶を返した。

道場が見えた。

床の間近くに旗が翻《ひるがえ》っている。旗印に画かれているのは、六文銭。

「ああっ……そうだったのか」

矢作は得心がいった。

真田家の旗印は六文銭、真田六文銭である。三途の川の渡し賃だけを持って、死を覚悟して戦場に赴《おもむ》いたのである。

ということは、下手人は真田を狙っていたということか。

しかし、それなら、星川と宮本はどうなる。

「ところで、貴殿、下手人を見つけたら、拙者に知らせてくれ」

「大野さまが下手人を始末するということですか」

「そのつもりだが、それは承知せぬであろうな」

「できませんな」

矢作は腕組をした。

「わかった。拙者とて、町奉行所の邪魔立てはせぬ。それに、秩序は守るつもりじゃ」

意外にも大野は物わかりがよさそうである。

「それで、お尋ね致しますが、真田先生に恨みを持つ者、お心当たりはございませんか」

　矢作の問いかけに、

「ござる、というか、多すぎて特定できないのが実情だな」

　大野は答えた。

「それはどうしてですか」

「あれをご覧なされ」

　大野は真田六文銭の旗印を指差した。春風にはためく六文銭は、神君徳川家康《とくがわいえやす》に苦杯を舐めさせた戦国の威風を放っている。

「あれが」

　矢作が問うと、

「先生が真田幸村の子孫を名乗ることを咎める者たちは多いのでござるよ」

　苦々しげに大野は言った。

「真田先生は真田幸村の血筋ではないということですな」

「いかにも。拙者とて、それは事実であるとは思っておらぬ。ただ、先生の剣の腕は確かゆえ、剣を学んでおる。先生とて、いわば、門人集めというかな、真田家の末裔を騙《かた》ったのだろう」

「胡散臭《うさんくさ》いという評判は立たなかったのですか」

「それも含めて、評判を取っておったというわけだ。悪名は無名に勝るというわけだ」

大野はさらりと言ってのけた。

「では、真田先生殺しの下手人は、真田の末裔を名乗ることを許せずに、殺したということですな」

「おそらくはそうでござろう。しかし、背中を斬りつけるとは卑怯の極み、先生が真田の末裔を名乗ることを憤《いきどお》る資格はござらんな」

大野は不愉快そうに顔を歪めた。

「確かに、侍の風上にも置けない者でござるな」

その点は矢作も賛同した。

それから、

「ところで、真田先生が辻斬りに遭った現場近くで、このところ立て続けに辻斬りが発生しているのです」

「ほう、そうでござったか。確か、先生が斬られたと同じ日本橋本石町で直参の磯川殿が辻斬りに遭ったことは存じておるが……。それと、繋がりがござるのか」

大野はいぶかしんだ。

「それはないと考えております」

矢作は、斬られた浪人と御家人から六文銭が残されていたことを語った。

「して、その浪人と御家人の名は」

大野は心当たりがあるようだ。

矢作は星川と宮本の名を出した。

「そうでござったか」

大野は唇を噛んだ。

「ご存じですか」

「門人……。いや、門人でありましたな」

大野は言った。

「辞めたのですか」

「破門された。素行が悪い上に、稽古は不まじめであったゆえ、拙者が辞めさせた。むろん、先生の了承を頂いておりますぞ」

「そうでござったか。すると、下手人は真田先生への恨みと同時に両名も恨んでおったことになりますな。そういう点からして、思い浮かぶ者はおりませんか」

矢作の問いかけに大野は真剣に考え込んだ。

しばらくしてから、

「そういう者は……。今は、思い浮かびませんな」

「そうですか」

これは、一人一人、門人を当たっていくしかないか。

「門人の方々はどのくらいおられますか」

「八十七名ですな。なんでしたら、名簿を用意致そう」

「かたじけない」

とりあえず、地道に当たっていくしかない。

町道場主が殺されたのだ、今回ばかりは町奉行所とても、おざなりにはできない。

しかし、今になって、探索をやりたがる同心が出て来ても、主導権は絶対に譲らない。

そう決意して大野を待った。

やがて、大野が名簿を持って戻って来た。

それを両手で受け取り、ぱらぱらと捲《めく》った。

「手伝おうか」

大野は親切で言ってくれたのだとは思うが、大野たちが下手人を見つけ出して、斬ってしまっては町奉行所の面目が立たない。

これはおれの事件だ。

下手人には必ず、裁きを受けさせてやる。

「いえ、我ら町方の面子《めんつ》にかけて下手人を挙げます」

矢作は目に力を込めて言った。

「では、矢作殿、必ず、先生を殺《あや》めた下手人をお縄にしてくだされ」

大野に言われ、矢作は深くうなずき、

「名簿には町人もおりますが、まさか町人が下手人ということは考えられませぬか。いえ、真田先生も他の二人も背中から斬られておりますので……」

「確かに背中から斬りつけるとは、武士にあるまじき所業。とは申せ、当道場に通う町人どもで三人もの侍を斬るような胆の据わった者はおらぬ」

大野は一笑に付した。

矢作は立ち上がり、道場をちらっと見た。真田六文銭が深く脳裏に刻まれた。

道場の外に出た。

砂塵が舞った。

「さて」

名簿を見ながら訪問先を思案した。

第四章　六文銭の死者

一

三日かけて矢作は名簿一人一人に当たっているものの、辻斬りを行ったと思われる者の見当はつかない。

通り一遍の探索では下手人《げしゅにん》が明らかになるはずもないと思い直しても、徒労感は否めない。

今日は雨降り、おまけに寒《かん》が戻ったような日とあって、探索ははかどらずついつい独楽屋に立ち寄った。

「いらっしゃい」

顔なじみとなったお万に迎えられ、酒を飲んだ。辻斬りの目的は真田殺しで達成されたのか、あれから被害者は出ていない。

雨がそぼ降っているせいか、夕暮れ近くになっても店内の客はまばらである。調理場から主人の粂吉が出て来た。

「親父、今日は暇だな」

矢作が声をかけると、

「こういう日もありますよ」

達観したように粂吉は答えた。

「まあ、一杯どうだ」

矢作はちろりを持ち上げたが、

「いいえ、結構でございます」

遠慮する粂吉に、

「ま、いいじゃないか。付き合えよ」

「あっしゃ、下戸《げこ》なんですよ」

粂吉は頭を掻いた。

「下戸が縄暖簾をやっているのか。もっともその方がいいのかもしれんな。おれみたいな、のん兵衛が店をやったら、客そっちのけで飲んでいそうだ」

矢作はがははと笑った。粂吉も笑い、茶をすすった。それから、

「辻斬り、まだ捕まっていないんですか」

「ああ、早く捕まえることができると思っていたんだがな、甘かったよ」

矢作は苦い顔をした。

「物騒なことでございますな」

粂吉は怖気《おぞけ》を振るった。

「一人めは星川という浪人だった」

「そうでした。あのとき、矢作の旦那に助けていただいたんですよね。あっしが星川さんを怒らせてしまって」

「あのなりを見たら、食い逃げを疑うのは当然だ。以前にも付けにしろと無理強いしたこともあったとか。殺されて当然とは言わないが、ひどい奴だった。とはいえ、おれにも悔いはある。下手人は星川が十両を持っていると知っていたに違いない。どこで知ったのか……、この店かあるいは賭場か。この店だとしたら、下手人に星川が十両所持していることを知らせたのはおれだ。おれが出しゃばらなきゃ、星川が十両も持っているなんて誰も思わなかったはずだからな」

「矢作の旦那はあっしやお万を庇ってくださすったんですから……」

「二人めに斬られた御家人の次男坊もこの店の常連であったな」

「ああ、宮本さまですな。そうです」

粂吉が渋面《じゆうめん》を浮かべたところで、

「いやな、お客でしたよ」

お万が口を挟んだ。粂吉がたしなめようとしたところで、

「いいではないか。話してくれ」

矢作が促すと、

「でも、事件の解決には関係ないと思いますので……」

粂吉はお万を止めようとしたが、

「探索は振り出しに戻ったんだ。とにかく糸口を摑みたい。なんでもいいから話してくれ」

改めて矢作が頼むと粂吉はお万を促した。

「宮本さまはとても威張っておられました。横柄で、無理やり酌をさせたり、料理やお酒の替わりが遅いと怒鳴ったり、その挙句に代金を踏み倒したり……」

とにかく性質《たち》の悪い客だったようだ。

「星川と宮本は共に真田道場に通っておったんだが、二人は顔を合わせると親しく語

らっておったか」

「同じ席で飲むことはありませんでしたね。お互い、目を合わせようともしませんでした」

「二人とも破門になったのだが、破門になった者同士、決して仲はよくなかったというわけか……。ところで、真田はこの店に来たことはあるのか」

「いいえ」

　即座に条吉は否定した。

　そういえば、真田の亡骸《なきがら》が発見された現場に居合わせた条吉に、店に来たことはあるか尋ねて否定されたことを思い出した。探索がはかどらず、頭がぼけていると矢作は己を責めたが、

「一度だけいらっしゃいました」

　お万は答えてから条吉に向いた。

　条吉の目が彷徨《さまよ》った。

「ほら、今日みたいに雨降りの日だったわよ。お弟子さんを連れていらしたじゃない。一月《ひとつき》くらい前だったかしら」

「ああ、そうだったな」

近頃、物忘れが激しくなっていけません、と粂吉は頭を掻いた。お万によると、酒を一本とつまみを少しだけ飲み食いしてすぐに出て行ったそうだ。

「なんだか、不快そうでした。うちの料理や酒がお口に合わない様子でした。そのせいですか、それ以来、いらしてくださいません。もっとも、来てくださらなくてよかったですけど」

するとと、客から酒の替わりの注文が入った。お万は調理場へと向かった。

「今更ですけど、真田先生がいらした時のことを思い出しました」

言い訳めいた口調で粂吉は言い添えた。

「どんなことだ」

「いえ、その、あっしの勘違いかもしれませんがね」

いかにも自信のない素振りである。

「かまわん」

身を乗り出して矢作は尋ねた。

「真田先生がいらした時、お弟子さんのお一人が先生を諫《いさ》められたのです。もう、真田の末裔は名乗らない方がいいとおっしゃったんです」

なるほど、騙《かた》りも大概にして欲しいという弟子がいたのだ。

「その時、真田先生はどんな態度だったんだ」

「お怒りになりました。顔を真っ赤になさったのを覚えております」

「すると、真田先生がすぐに帰ったのは、この店の酒や肴《さかな》が口に合わなかったというよりも、弟子の諫言に腹を立てたということだな」

「そう思います。もっとも、それ以来二度とご来店になっていませんから、お万が言うように、酒と肴が口に合わなかったのかもしれません」

　粂吉は自嘲気味な笑みを漏らした。

「その弟子、名はわかるか」

　つい、勢い込んでしまった。

「とても身形《みなり》のよいお方でした。お名前は……」

　粂吉は眉根を寄せ、真剣に記憶の糸を手繰《たぐ》っているようだった。粂吉が思い出すことを期待して、黙って待つ。

　すると、

「お名前までは思い出せませんが、確か、師範代ゆえに先生に意見を致します、と、おっしゃっておられましたな」

「師範代……。では、大野玄蕃という名前ではなかったか」

粂吉の顔が輝いた。

「そうでございました。真田先生は大野と呼んでおられました」

間違いない。

大野玄蕃だ。

そういえば、宮本と星川を破門するよう意見具申したのも大野であった。ひょっとして真田と大野の間には確執があったのではないか。

大野は真田のやり方に憤りを感じ、宮本と星川を手にかけ、そして真田を殺したのではないか。

探索の糸口すら摑めない焦りがもたらす飛躍しすぎな考えだろうか。

大野は下手人探索に積極的に協力してくれた。それも、矢作の探索を誤った方向へ導くための方策であったのかもしれない。

しかし、真田は背後から斬られていた。大野がどれほどの腕なのかは知らないが、師範代を任されているということは相当な手練《てだれ》であろう。それなら、正々堂々、立会いに及ぶのではないか。

いや、卑怯極まりない辻斬りの仕業と見せかけるために、わざと背中を斬ったのかもしれない。

勘繰れば勘繰るほど、大野が怪しく思える。

大野は真田が真田幸村の末裔を騙《かた》ることが許せなかった。破門した宮本と星川を殺した理由はわからないが、それは、大野にじかに確かめればいい。

「あの、大野さまとおっしゃるお侍さまが辻斬りをやっておったのでしょうか」

粂吉が訊いてきた。

「わからん。だが、当たってみるだけの値打ちはある」

「あの、くれぐれもあっしから聞いたなどとはおっしゃらないでくださいね」

「話すもんか。安心しろ」

矢作は酒のお替りを頼んだ。

大野が下手人だと確定したわけではないが、一筋の光明が射したようで酒が美味《うま》い。屋根瓦を打つ雨音も心地良く感じられた。

ぽつぽつと客が入りだした。

「辻斬り、まだ、捕まらないのかい」

「町奉行所は何をやってんだか」

と、行商人風の二人がやり取りをしながら入って来たのだが、矢作に気付いて口をつぐんだ。

「かまわんぞ。実際、捕まえられていないのだからな」

矢作は笑い飛ばした。

手がかりを得たというゆとりがそうさせた。

行商人たちは首をすくめながら店の隅に席を取った。

「いらっしゃいまし」

お万のうれしげな声が耳に飛び込んできた。

バサラな格好の浪人、渡会の来店だ。渡会は刀の鞘と同じ、朱色の番傘を閉じ、戸口に立てかけた。

「まあ、濡れちゃってますよ」

お万がかいがいしく手拭《てぬぐい》で雨に濡れた着物の袖を拭いた。束ねた総髪も雨露でべっとりとしていた。髪を拭くことは遠慮したのか、お万は手拭を渡会に差し出した。

女にしては長身のお万と男にしては小柄な渡会は目線の位置が同じくらいだ。

「すまぬな」

なよっとした面持ちで渡会はお万に笑みを送った。視線が交わり、お万は頰を赤らめた。

惚れてるな……。

矢作は猪口《ちょこ》の酒を飲み干した。

二

明くる十七日の昼下がり、降り続く雨の中、矢作は真田道場に顔を出した。大野に面談を求めたがまだ来ていなかった。支度部屋で待たせてもらった。

待つことしばし、大野がやって来た。

まず、大野から借りた名簿を返した。

「お役に立ちましたか」

大野が尋ねてきた。

「名簿に載った方々、当たってはみましたが、これと目につく者はおりませんでした」

「それは残念ですな」

大野は小さくため息を吐いた。

「ですが、ちょっと面白いことを耳にしました」

「ほう、どのような」

「真田先生が真田幸村の末裔を騙ることを激しく諫めたお方がおるとか」

矢作が言うと大野は動《どう》ずることなく、

「拙者のことかな」

「いかにも」

矢作がうなずくと、

「拙者、強く、何度も諫め申した。しかし、先生は聞き入れてくださらなかった。だからと申して、先生を手にかけるようなことはしておらん。第一、背中から斬りつけるなどという、武士にあるまじき振る舞いなどするはずがない。それに、破門した宮本と星川は、斬るにも値しない者どもでござる」

大野は少しも取り乱すことなく、能弁に語った。

「無礼を承知で、話を続けます」

矢作が断りを入れると、どうぞと大野は受け入れた。

「真田先生を背後から襲ったのは、腕を考えてのことではなく、卑怯極まりない辻斬りに思わせるために、わざと背中から斬ったのではござらんか」

「そこまで疑われるのか。ま、それが町方の御用を担う同心の務めというものであろうから、怒りはせぬが、笑止《しょうし》であるな。拙者が辻斬りだという証《あかし》を出せとは申さぬ。

馬鹿らしくてそんな気にすらならん」

大野の顔に次第に赤みが差した。

「確かに、無礼でござった。では、お答えください。真田先生と宮本、星川に深い恨みを持つ者は……。多すぎるということでござったが、三人共に恨みを持つ者に心当たりはありませんか」

矢作は尋ねた。

「三人に……。はて、そうですな」

大野は考え込む風である。

「今すぐとは申しません。お心当たりがございましたら、お知らせください」

「承知した」

「疑ったこと、お詫び申し上げる」

「気にしておらぬ。それにしても、先だっても申したが、このところ、いろいろな辻斬りに悩まされるものでござるな」

「磯川さまの一件ですか、それも下手人が捕まっておらんのです」

「そちらは北町が探索に当たっておるようですな。下手人は金目的ではないということは確かということだが」

大野は忌々《いまいま》しそうに唇を嚙んだ。

矢作は真田道場を出ると、星川と宮本殺しの聞き込みをやり直すことにした。番傘を差して星川が住んでいた長屋に当たる。以前の聞き込みにも増して星川の評判の悪さに辟易とした。それこそ、恨んでいる者が多すぎるのである。雨に濡れそぼり、すっかり気が滅入ってしまう。小袖の裾《すそ》を捲り上げて帯に挟んで雨中を宮本が住んでいた組屋敷へと向かう。

宮本も評判が悪いこと、星川と同様であった。

「今まで殺されなかったのが不思議なくらいだな」

矢作はぼやいた。

五里霧中である。

それにしても、なんともいえない違和感がする。

なんだか、間違っているのではないか。何かを見落としているのではないか。

そんな気がしてならない。

矢作は北町奉行所を訪ねることにした。

源之助は、ひとまず影御用が落着したことですっかり暇を持て余していた。居眠り番に出仕し、雨だれの音をぼんやりと聞いているだけとあって、時の過ぎゆくのがゆっくりである。

こういう時には俳諧でも学んでおけばよかったと思う。では、やり始めればいいのだが、その気にはならない。つくづく無精なものだと自分を笑ってしまう。

すると、

「親父殿、入るぞ」

無遠慮な声と共に矢作が番傘を閉じ戸口に立てかけた。懐《ふところ》には竹の皮に包まれた人形焼を持参していた。

手巾《しゅきん》で足を拭き、次いで羽織に付いた雨露を拭きながらずかずかと大股で歩いて来た。源之助の前に至ると、帯に挟んだ小袖の裾を戻して座った。

「おまえにしては気が利くな」

源之助は茶を淹《い》れた。

人形焼を食べながら、

「どうした」

源之助が問いかけると、

「袋小路だ」

ぶっきらぼうに矢作は答えた。

「三途の川の渡し賃だけを残すという辻斬りの一件か」

「そうだ。六文銭を残すわけはわかったのだがな」

矢作は真田道場の道場主、真田が真田幸村の末裔を騙っていることを下手人が憤っているのだと話した。

「だから、それはいいのだが、これが困ったことにな、そのことを憤っている者が多すぎるのだ。おまけに同じ辻斬りに殺された二人もえらく評判が悪いとあって、これまた、恨みを持つ者ばかりだ」

「さすがの矢作もまいっておるということか」

からかうような口調で源之助が言うと、憮然と矢作は顔をしかめ、

「それでだ、何か見落としているような気がして仕方がないんだ」

「違和感か……。怪しいと見当をつけた者はおらんのか」

表情を引き締め源之助は問いかけた。

「師範代の大野という男だ。三島藩の藩士なのだがな」

「おお、三島藩の大野殿か」

「なんだ、親父殿、知っておるのか。さすがは、事件あるところに蔵間源之助ありだな」

「馬鹿言え、それで、大野殿の疑いはいかなることになったのだ」

「おれの思い過ごしのようだった。どうも、焦りが先に立ってしまったな」

「南町の同僚に助けを求めればいいではないか。もう一度、道場の門人を当たってみればいいだろう。通り一遍の調べだけでは事件の真相は浮かんではこないぞ」

「親父殿の申される通りであるがな、どうもな」

「意地になっておる場合か」

源之助がたしなめると、

「その通りなんだがな……」

矢作はちらっと源之助を見てきた。

「おい、なんだ、その目は。まさか、わたしに手伝えと申すのではあるまいな」

源之助が警戒を示すと、

「そろそろ、影御用がしたくてうずうずしているんじゃないのか」

矢作はにんまりとした。

源之助が口を閉ざすと、

「それに暇だろう」

矢作は痛いところをついてきた。

「暇は暇だ」

嘘をつけないと答えた。

「なら、決まりだな」

矢作は両手を叩いた。

「ま、いいだろう」

源之助は引き受けた。

「ところで、磯川という旗本殺し、下手人の見当はついたのか」

安堵したのか、矢作は話題を磯川殺しに転じた。

「それがな、わたしも源太郎も下手人を大野殿だと見当をつけたのだ」

「そうか、大野殿はとんだ災難だということだな」

矢作は苦笑した。

「まったくだな」

源之助も渋い顔をした。

「御家騒動ではないということなのだな」

「まだ、わからんな。源太郎が探っているが、御家騒動とあっては町方の出る幕ではないからな」

「そりゃそうだ。しかし、御家騒動であったのなら、源太郎はとんだ無駄骨を折っていることになるぞ」

　矢作は肩をそびやかした。

「致し方あるまい。少しでも可能性があるのなら、探索をせぬわけにはいかんからな」

「御家騒動の場合、表沙汰にはできないだろうからな。源太郎、いつまで経っても下手人を探し求めて走り回る羽目になるぞ」

　矢作は困った、困ったと連発した。

「源太郎の心配をするより、こっちだぞ」

「違いないな。こっちは、まったく、下手人の見当すらついておらんのだからな。本当に、下手人を見つけるのに、白髪が生えてくるかもしれんぞ」

「おまえは、白髪が生える前に死んじまうだろうさ。それこそ、大勢の者にうらみを買っているだろうからな」

源之助の言葉に、

「違いないな」

矢作は肩をすくめた。

「明日から手伝うとするか」

源之助は大きく伸びをした。

三

お香が岩村左衛門の側室になることをきっぱりと断ったために、俄然善太郎は意気軒昂《けんこう》となった。

お香の家に通っては機嫌を取っている。それでも、肝心のことは言い出せないため、一向に進展はしていない。

本人は気を揉んでいるが、善右衛門もそうである。善右衛門は口には出さないが、善太郎にお香のことをそれとなく確かめている。

そんな二十日の昼下がり、

「御免」

と、来訪してきた侍がいた。

三島藩、馬廻り役大野だと名乗った。出入り先の大名家の家臣の来店に善右衛門は母屋の客間で対面をした。

「いつも、手前どもをご贔屓《ひいき》にしてくださり、ありがとうございます」

善右衛門は慇懃に挨拶をした。大野は軽くうなずく。

「いつもは、御用務方の加瀬さまにお世話になっております」

善右衛門が加瀬の名前を出すと、大野は僅かに顔を歪め、

「本日、加瀬ではなく拙者がまいったのは、加瀬には内聞に願いたい」

「承知しましたが……」

不安を募らせ、善右衛門は問い返す。

「加瀬に履物の調達を行わせておるが、昨年と今年の当家への売り上げの明細を知りたいのじゃ」

大野は言った。

「はあ、それは構いませぬが」

善右衛門は答えてから、どうしてかを大野に無言で問い返す。聞かずともよいことであろうとは予想できるのだが、それでも不安を打ち消したいと思った。

しかし、大野はそれには答えてくれずに、

「早く、見せてくれ」

と、急《せ》かした。

逆らうわけにはいかない。

善右衛門は立ち上がり、廊下に出た。善太郎を呼び、

「岩村さまの掛《かけ》台帳を持って来ておくれ」

「それは構わないけど……」

「いいから、早く」

善右衛門はきつい口調で頼んでから客間に戻った。

「今、持ってまいります」

善右衛門は笑顔を取り繕い、茶と羊羹《ようかん》を勧めた。しかし、大野は一切、手をつけようとしない。それが、不穏な空気をかもし出していた。

気まずい空気が漂う中、善太郎が帳面を持って来た。

大野を見て、上目遣いに挨拶をした。

善右衛門が、

「倅《せがれ》でございます。岩村さまの御屋敷に出入りさせていただいております」

と、紹介をした。

大野は軽くうなずいてから帳面を取り上げた。それから、目で追い、じっくりと見定めた。

それからおもむろに、懐中から帳面を取り出す。それを広げ、じっと見入った。

「いかがされましたか」

善右衛門が不安げに尋ねる。

「やはりだな」

独り言のように大野は呟いた。

善太郎も不安に駆られた。

大野は、

「よもやとは思うが、ここに記された数字に間違いはあるまいな」

「間違いございません。何度も確かめてから書き入れております」

善太郎は胸を張った。

「そうか、わかった」

大野は立ち上がろうとした。

「いかがされたんですか」

すがるようにして善太郎は問いかける。

「加瀬さまに関する不正でもあったのですか」

善右衛門も畳み込んだ。

「加瀬め、杵屋からの掛を水増ししておった。ここに記してある掛け金は五十二両余り、しかるに加瀬は百両を越す金額を計上しておる。履物関係ばかりではない。味噌、醬油、酒、塩、着物、炭、油など全ての出入り商人どもの掛け金よりもかなり上回る金額を計上し、勘定方から金を出させておるのだ」

苦々しそうに大野は小さくため息を吐いた。

「加瀬さまがそんなことを……。では、余計に掛け金を藩から支払わせ、私腹を肥やしておられたということですか」

善太郎も義憤を募らせた。

「いや、杵屋には迷惑をかけぬ。当然、支払いは滞《とどこお》りなく行うから安心せよ」

大野は善太郎と善右衛門の不安を打ち消すように言った。

「このこと、当家の恥ゆえ、くれぐれも他言無用とせよ」

大野はきつく釘を刺した。

「承知しました」

善太郎は声を励まし、善右衛門も力強く首肯した。

「ならば、これでな。あ、そうそう、加瀬を弾劾する上で、台帳が必要となるかもしれぬゆえ、その時は帳面を提出してもらうことになるが、構わぬな」

「岩村さま以外のお大名家の売り掛けも記されております。そこを除いてならば、ご協力させていただきます」

きっぱりと善太郎は答えた。

大野が出て行ってから、

「おまえ、しっかりしてきたな」

善右衛門は目を細めた。

「当たり前のことをしたまでさ」

善太郎は答えたものの満更でもなさそうである。

「あとは、女房だな」

善右衛門に言われ、

「わかっているよ」

善太郎は頭を搔いた。

それからしばらくして、今度は加瀬がやって来た。善太郎は、

「ここは、あたしに任せておいて」

「おまえ、加瀬さまの不正を糾弾するつもりかい」

さすがに善右衛門は危ぶんだ。

「いいから。そんな、無茶はしないよ」

安心させるように善太郎は返した。

四

加瀬が入って来た。

「いらっしゃいませ」

善太郎は愛想よく迎えた。

「急にすまぬな」

加瀬は慇懃に挨拶をした。

「とんでもございません。わたしも先だって、加瀬さまに無断で履物の売り込みにまいりましたので」

善太郎は頭を掻いた。

「そうであったようだな。女中どもは喜んでおった。また、折を見て、よき履物があれば持ってまいれ」

加瀬は鷹揚であった。

「わざわざ、お越しくださいまして、本日の御用向きはどのようなものでございますか」

善太郎が問いかけると、

「近々、大量の履物の注文を出す予定なのだ」

「それは大変にありがたいことでございますな」

善太郎はにこやかに両手を揉んだ。

「そうじゃな、ざっと、五十両分にもなろうかのう」

加瀬は景気のいいことを言い出した。年間の注文に匹敵する金額である。

「ありがたいことです。どのような履物を用意させていただきましょうか」

「どのようなものかは杵屋に任せる。女どもには見栄えのよい、色とりどりの履物を用意してやれ」

早口に加瀬は言った。

「承知しました」

善太郎が言うと、善右衛門も深々と頭を下げた。

「それでな、今回は掛ではなく、現金で買い取るゆえ、品物を納める際には勘定書きを一緒に持参せよ」

「わかりました。ありがたいことでございます」

善太郎が承知したところで、

「ところで、現金掛け値なし、と申すが、その分を値引きすることが商いの常道であると聞く」

加瀬は半身を乗り出した。

儒者髷《じゆしやまげ》に結った頭髪から鬢《びん》付け油の甘い香りが漂った。

「それはまあそうですが」

善太郎は警戒気味に返事をした。

「それゆえ、今回もそのように願いたいのだが、承知してくれるな」

加瀬の魂胆《こんたん》が気にかかる。

ちらっと善右衛門を見ると、黙っている。おまえに任せたと言いたいようだ。

「わかりました。では、どのようにさせていただきましょうか」

善太郎が尋ねた。

「それは、その」

加瀬は辺りを憚るような顔をした。なんだか、いかにも魂胆がありそうである。

「はっきりとおっしゃってください」

「納める代金の一割引き、それと、冥加金《みようがきん》を申しつけたい」

加瀬は言った。

五

「冥加金とは……」

善太郎が問い返し、善右衛門が疑念を深めた。

「当家の恥ゆえ、外聞を憚ることであるが、当家の台所は火の車でな、その上、今年の秋には殿が隠居され、若さまが家督をお継ぎになる。いくらあっても、足りぬくらいじゃ。よって、出入り商人に対して冥加金を申し付けておる」

出入りさせてやる替わりに金を払えということだ。

「いかほどですか」

善太郎が尋ねると、

「五十両でよい」

いかにもなんでもないことのように加瀬は言った。

「五十両ですか」

善太郎は繰り返した。

なんのことはない。近々発せられる大量発注と同額だ。いや、一割値引きさせられることを考えると五両の赤字である。

躊躇《ためら》いゆえ承知しましたと返事ができないでいると、

「しかと、申し付けたぞ」

一方的に加瀬は命じた。

「いつまでにお支払いをすればよろしいのですか」

「三日後だ」

「三日後……二十三日ですか。そんな、急過ぎますよ。それで、藩邸にお届けに来いとおっしゃるんですか」

腹が立ち、言葉遣いがぞんざいになってゆく。

「いや、拙者の方で受け取りにまいる」

宥《なだ》めるように加瀬は物言いを柔らかにした。優男《やさおとこ》然とした加瀬にはぴったりとしているのだが、それがかえって怒りを誘う。

「加瀬さまが集金にまいられるのですか」

「いかにも。そなたらにわざわざ、藩邸に足を運んでもらう必要はないと判断したゆえのことじゃ」

いかにも恩着せがましく加瀬は言った。

「それはそれは、畏《おそ》れ多いことでございます」

精一杯の皮肉を言ったつもりだが、

「気にすることはない」

加瀬はしかと申し付けたぞと言い置いて腰を上げた。

加瀬が居なくなってから、

「おとっつあん、怪しいよね」

善太郎は言った。

「ああ、大野さまの言葉の方が真実味があるな」

善右衛門も加瀬を怪しんだ。それは深い疑念と憤りに満ちていた。

「じゃあ、どうする」

「そうだな……。藩邸に訴えるか。大野さまに問い合わせるのがいいだろう」

「わかった。早速、行ってくるよ」

善太郎は腰を上げた。

すると、そこへ源之助がやって来た。

善右衛門が、

「これは、よいところにまいられましたな」

善太郎も、

「本当だ。これは心強いや」

「どうしたんだ」

源之助が戸惑いを抱きながら問い返すと、

「実は、怪しいことがあったのですよ」

善太郎は大野と加瀬の来訪をかいつまんで語った。

「それは、いかにも怪しいな。加瀬という男、そんなにも腹黒い男であったのか」

源之助に問われ、

「そんなことはありませんでした。それは誠実で親切なお方であったのです。それゆえ、蔵間さまにもご紹介申し上げたのです」

善右衛門は答えた。

「それがどうして金に汚くなったのか。藩の公金に手をつけてしまうほどにな」

「人間、一度足を踏み外すと、なかなか元に戻ることができなくなるもんですよ」

訳知り顔で語る善太郎に、

「おまえが言うと説得力があるな」

善右衛門が返すと、善太郎は失笑を漏らした。

「いきなり、藩邸に乗り込んだところでうまくかわされてしまってはどうしようもない。よし、わたしが行こう」

「あたしも一緒に行きますよ」

善太郎は申し出た。

「いや、ここはわたし一人で行った方が怪しまれない」

源之助は善右衛門を見た。

「蔵間さまにお任せしようじゃないか」

善右衛門の言葉に善太郎は従った。

源之助は三島藩邸に向かう前に、大野が師範代を務める町道場へとやって来た。

すぐに大野と会った。

「蔵間殿、一つ手合わせをいかがかな」

大野はにこやかに訊いてきた。

「いや、本日は剣の腕試しに来たのではありません。加瀬殿についてお訊きしたいことがあってのことでござる」

源之助は言った。

「加瀬のこと」

大野は不審がった。

「大野殿、杵屋に行かれましたな」

「いかにも」

「大野殿が帰られてから、加瀬殿が杵屋を訪問したのでござる」

源之助が言うと、

「加瀬が」

一瞬にして大野の顔が曇った。

「加瀬殿は杵屋に冥加金を求めたのだそうです。なんでも、台所事情が悪い中、若さまの家督相続の費用がかかるのだということで、出入り商人に求めているのだそうです」

「そんなことを」

大野は唇を嚙んだ。

「大野殿、そのこと、事実ですか」

「確かに当家の台所は楽ではなく、若さまの家督相続の儀が行われるのも事実でござる。しかし、出入り商人どもに冥加金を課すということはしておりません」

きっぱりと大野は否定した。

「失礼ながら、加瀬殿が藩の密命を受け、密かに行っておるということは考えられませんか」

「そんなことはござらん。確かに加瀬は用務方、藩内の様々な問題の解決に腐心しております。しかし、藩の財政に関わる大事とあれば、拙者の耳に入らぬはずはない。杵屋にも申したのだが、加瀬には公金横領の疑いがある」

大野は辛辣《しんらつ》に加瀬への批判を強めた。それは、加瀬への個人的な恨みにも感じられる。大野は否定したが、加瀬が藩の密命を帯びて冥加金を頼み歩いているとも考えられるのである。

疑えばきりがない。

「ともかく、加瀬のことは相手にせんでくだされ」

大野は強い口調で言った。

「とは申せ、杵屋や出入り先の商人からすれば、出入りの窓口である加瀬殿を無視するわけにはいかないと存じます」

源之助は危惧した。

「それもそうですな。しかし、これはよき機会かもしれません」

大野は顔を輝かせた。

「いかがされた」

「我ら、近々にも加瀬の悪事を暴き立てる所存でありました。よって、杵屋の冥加金のことをそれに使いたいと存ずる」

「承知しました」

「蔵間殿もどうかご協力くだされ」

大野に頭を下げられ源之助は受け入れた。

道場を出ると三島藩邸へと向かった。

一方のみを聞いて物事を判断するのはよくない。

それは自明の理である。


藩邸の番小屋で加瀬に会った。

「蔵間殿、よくぞ、いらっしゃったな。いやあ、お香の件ではすっかりお世話になりました」

加瀬は愛想よく礼を言った。

「若さまのためにはお役に立てず申し訳ございませんでした」

まずは詫びを入れた。

「いや、なんの、若さまは竹を割ったようなご気性ゆえ、いつまでも、くよくよと後を引きずるようなお方ではござらん。お香のことはきっぱりと諦めておられる。むしろ、蔵間殿に手間をかけさせてしまい、拙者は申し訳ないと思っています。いずれ、こちらからしかるべく謝礼をしたいと存じます」

鷹揚に加瀬は源之助を労《ねぎら》った。

「そうですな、まさしく、若さまはできたお方ですな」

源之助も話を合わせた。

「して、本日は……」

改まった調子で背筋を伸ばし、加瀬は尋ねてきた。

「磯川さま殺しの下手人がいまだ捕まっておりません」

「蔵間殿は藩内の者の仕業とお考えか」

「藩内を探索すると、倅には約束してくださったと耳にしましたが……」

源之助は目を凝らす。

「源太郎殿との約束は違《たが》えておりません。実際、密かに探索を続けております」

少しの躊躇もなく加瀬は言った。

「して、いかがなりましたか」

「やはり、大野一派が怪しいと存じますが、証《あかし》がありません」

「大野殿には確かめたのですか」

「若さまが質《ただ》すとおおせになったゆえ、拙者は差し控えております」

すまし顔で加瀬は答えた。

六

左衛門任せにしていることへの不満が源之助の顔に出た。いかつい顔が際立つ。それを見て取った加瀬は続けた。

「大野は質実剛健を気取っておりますが、あれでなかなかそろばん勘定に長《た》けた男でございます。若さまの覚えめでたく、いや、めでたくなるように武芸の鍛錬を行ってきたのです。若さまも無類の武芸好きゆえ、大野には甘い……、いや、これは言葉が過ぎましたな。ともかく、大野という男は狡猾《こうかつ》な上、拙者を文弱の徒だと見下すばかりか、嫌悪しております」

大野への不満を語るうち、加瀬の表情は憤怒に歪んだ。加瀬と大野には根深い因縁があるようだ。

「お言葉ですが、大野殿の腕前は確かなものですぞ。町道場真田殿の師範代を務めておられるのですからな」

源之助が大野を庇うと、

「先だって、辻斬りに殺されたそうではござらんか。大体、真田幸村の末裔を騙って門人集めをしていた不届きな道場主、武芸者の風上にも置けぬ者、そのような者の師範代にどれほどの値打ちがござろうか」

「真田殿の名誉のために申しておきますが、真田殿は背中を斬られたのです。いわば、闇討ちに遭ったのですぞ」

「たとえ闇討ちであったとしても、一角《ひとかど》の武芸者であるならばむざむざと斬られることはなかろうと存ずる」

加瀬は手厳しい。

「それはそうですが」

源之助は返事に窮した。

「大体、大野は真田という御仁が真田幸村の末裔を騙ることに、抗議しなかったのでござるぞ。むしろ、協力すらしておったのです」

「いや、反対したそうですぞ」

「それは、若さまから非難されてからです。若さまが真田幸村の末裔を名乗ることに嫌悪したのですからな」

加瀬はせせら笑った。

大野も日和見《ひよりみ》だと言いたいようだ。

「ところで、加瀬殿、若さまの家督相続の儀について骨を折っておられるとか」

話題を転じると、

「なんとしても、成功させせんと奮闘しております」

「ずいぶんと、銭金がかかるのでしょうな」

「それは、安くはありませんな。台所事情が楽ではない折でもあります。しかし、困難を乗り越えてこそ値打ちがあるのでござる。家臣たる者の忠義の見せ所と存ずる」

「出入り商人にも無理を言いつけておるとか」

「まあ、それは……」

加瀬の目に警戒の色が浮かんだ。

「お香の養女縁組の支度金、磯川さまにお渡しになられたのですな」

「しましたぞ。それを返してもらおうとは思っておりません。都合が悪くなったからといって、返せとは申せませんしな」

加瀬はがははと声を上げて笑った。

「それはそうでござろうが」

「蔵間殿、当家を侮辱なさるのでござるか」

加瀬の目が尖った。

「そういうわけではござらん」

「何が言いたい」

加瀬の言葉遣いまでもが変わった。

「疑念があるのです」

「なんだ」

加瀬の目が冷たく淀んだ。優男然とした顔に冷酷さが垣間《かいま》見られた。

「若さま、お香への執着心が随分と薄い気がしました」

源之助は加瀬の目を見る。

「だから、申したではないか。若さまは竹を割ったようなご気性であると」

加瀬は苛立ちを示す。

「確かにそうしたさっぱりとしたご気性なのでしょう。しかし、一方で若さまは、欲しい物はなんでも手に入れるというご気性でもあられます。刀剣、着物、馬、それぞれに欲しい物は手にしてこられたと聞きました。しかし、お香のみはあっさりと諦めた」

源之助は言葉を止めた。

「相手は高々、町娘ですぞ」

加瀬は動揺を示した。

「町娘であろうが武家の娘であろうが、見初《みそ》めた女をあっさりと諦められるものでしょうかな。英雄、色を好むという言葉がありますように、女への執着というものは、何にも増して強いのではござらぬか。しかも、加瀬殿が養女入りの段取りをして、支度金まで用意して側室への道を整えたというのに、あっさりと諦めてしまわれた」

「ですから、若さまは……」

「いや、わたしには、若さまはお香をそれほど好いてはおらなかったのではないかと思えてならないのです」

「そう思われるのは貴殿の勝手。話はこれで終わりと致そう」

さばさばとした様子で加瀬は話を切り上げようとした。

「いや、待たれよ」

源之助は止めた。

「なんでござる。これ以上、若さまの色恋沙汰を話しても仕方がないことではござらぬか」

「いいや、ありますな」

源之助は引かない。

「蔵間殿、貴殿にはお手数をおかけした。しかし、お香の件はすんだことでござる。もう、これ以上は関わらないでくだされ」

「磯川殿が亡くなっておるのですぞ」

「ですから、当家でも探索をしておると申したではござらんか」

「大野殿らを疑っておられるのですな」

「さよう」

「しかし、その後大野殿らを問い詰めてはおられぬ様子。まことに探索をなさっておられるのですか。大野殿らに及び腰になっておられるのではありませぬか」

「侮辱ですぞ、その言葉」

「がさつですみません」

「では、これにて」

憮然として加瀬は立ち上がった。

「お香は側室にしなくてもよかったのですな。若さまにその気はなかったのでしょう」

「いい加減にされよ」

うんざり顔で加瀬は返した。

「若さま、はなからそれほど積極的ではなかったのでしょう」

「なんだと」

加瀬が目をむいた。

「それほど、お香のことを好いてはおらなかったのに、加瀬殿が側室にされよと強く勧められたのではござらんか」

源之助は加瀬の視線を受け止めながら、じっくりと返した。

「確かに拙者が勧めた。しかし、若さまも承知の上であるぞ。貴殿はひょっとして若さまが衆道《しゅうどう》に陥《おちい》っているると疑っておるのか」

衆道とは男色、この時代、男色に耽溺《たんでき》する者は武士、町人問わず珍しくはない。三代将軍家光《いえみつ》が衆道に溺れ、跡継ぎができないと憂慮した乳母《うば》春日局《かすがのつぼね》が側室を持たせたことは有名である。

「若さまが衆道に溺れているため、そのことを隠すために側室を持っていただこうと企んだと言いたいのであろう」

いきり立つ加瀬を見据えながら、

「そうではありません。若さまが衆道であるかどうかは存じませんが、加瀬殿がお香を側室にしようと企んだのは、支度金を藩から出させるためではございませんか」

「なんだと」

加瀬の目が彷徨《さまよ》った。

「いかがでござる」

「藩から、何故、拙者が支度金を出させる必要があるのだ。めったなことを申すと承知せんぞ。北町に断固として抗議する」

加瀬は凄んできた。

いささかも動ずることなく、

「貴殿が公金横領をしておることを隠すためでござる」

源之助はずばり指摘した。

「何を……」

加瀬は拳を握った。

「貴殿は公金横領をし、その穴を埋めるために必死で奔走しておられますな。出入り商人に冥加金を課したりしておられます。磯川殿にはいくら支度金を渡すはずだったのですか」

「百両だ。懐中に残っておったではないか」

「それは懐中に残っていた金です。本当は藩の勘定方からもっと金を受け取り、磯川さまには百両だけ渡したのではござらんか」

「言わせておけば、無礼極《きわ》まることを申しおって」

握っていた拳をぶるぶると震わせた。

「今は無礼なことでしょう。ですが、遠からず、無礼ではなくなりますぞ。加瀬殿の不正が明らかになるからです」

加瀬は唇を嚙み締めた。

「身の潔白を明らかにすることをお勧めします」

「むろん、濡れ衣だ」

「公金横領のこともそうですが、磯川さまを斬った下手人、わたしは加瀬殿であると睨んでおります。おそらくは、磯川さまに勘付かれたのではありませんか。加瀬殿の魂胆が、支度金にかこつけた藩の公金の横領だと」

「馬鹿なことを……。貴様、よくもそんな出鱈目《でたらめ》なことを申して、八丁堀同心を務めておられるものよ」

「務めておりますとも」

「もう一度言う、奉行所に抗議するぞ」

「お好きにどうぞ」

動ずることなく源之助は返した。

「ふてぶてしい奴め」

加瀬は吐き捨てた。

「お陰で、生きております」

「拙者を殺しの下手人扱いしたことを忘れるな」

「忘れませんぞ。どうします。わたしをこの場で斬り捨てますか」

源之助は睨んだ。

「そうしてやりたいが、今日のところは出て行け」

加瀬は立ち去った。

第五章　慟哭《どうこく》の果て

一

「お万……」

条吉は泣き叫んだ。

日本橋本石町近くの路傍でお万は変わり果てた姿で横たわっていた。背中をざっくりと斬られている。

そして、着物を剝ぎ取られ、襦袢《じゅばん》姿となって仰向けに倒れていた。

矢作は群がる野次馬を、

「退け！　散れ！」

十手を振り回して追い払った。屈辱の姿を衆目に晒してやらないことがせめてものお万にしてやれることだ。

涙にくれる粂吉には慰めの言葉もない。それでも、粂吉は鼻水を啜り上げて立ち上がった。泣いていてもお万は生き返らないし、お万をこんな目に遭わせた憎き下手人を挙げることが娘の供養だと自分を奮《ふる》い立たせたのだろう。

「お万を殺した辻斬りは、真田らを斬った者とは違うかもしれんな」

矢作は言った。

粂吉は無言である。

「今回は六文は残されていないし、着物を剥ぎ取っている」

独り言のように矢作は呟いた。

着物と財布がなくなっていることから、物盗りの犯行と思えた。

「粂吉、辛いだろうが、話を聞かせてくれ」

矢作が声をかけると、

「なんでも、お訊きになってください」

声を震わせながらも粂吉は矢作に向いた。

「まずは昨晩のお万の様子だな」

「店を閉めてから、しばらくして、お万は湯屋《ゆうや》に行くと出て行ったのです。あっしは、

「先に寝ました」

昼間の仕事の疲れから、粂吉は寝入ってしまったのだそうだ。

「それで、朝になってみますと、お万がおりません。近所に出かけたのかと思ったのですが、それにしてはいつまでも戻って来ませんので……」

条吉は言葉を詰まらせた。

お万を探しに出かけ、時の鐘近くで人だかりがしているのを見かけた。胸騒ぎを覚えて人混みをかき分けると、お万が倒れていたのだという。

「どこの湯屋に通っているんだ」

条吉は首を捻った。

「松の湯というのですが、ここことは正反対の方角、うちを出まして御堀に向かって一町ほどにあります」

「すると、お万は湯屋には行かないで、ここにやって来た、もしくは、湯屋を出てからここまで来たということか」

「そういうことになります」

「何か用事でもあったのか」

「いいえ、見当もつきません」

「一体、どうして、お万はここにやって来たのだろうな」

疑問を繰り返したが、粂吉には答えられないようであった。

お万の亡骸《なきがら》を大八車に乗せ、矢作は粂吉と共に独楽屋へ戻って来た。亡骸を二階の座敷まで運び上げて、矢作は手を合わせた。

粂吉は目を真っ赤に泣き腫らした。

矢作は必ず下手人を挙げるとお万の亡骸と粂吉に誓ってから階段を降りた。

すると、

「親父、おるか」

戸口で男の声が聞こえた。

視線を向けると、派手な着物を着流した侍、渡会である。お万が惚れていたであろう色男はお万の死を知らないようだ。

渡会は矢作と目が合い、

「なんでござる」

むっとして険のある目を向けてきた。総髪に束ねた髪から鬢《びん》付け油の匂いが矢作の鼻腔を刺激した。甘い香りが不愉快窮《きわ》まりない。

「なんだとはこっちの台詞《せりふ》だ。朝っぱらからあんたこそなんだ」

　矢作は問い返した。

「刀を預けておいたのだ」

　臆することなく渡会は答えた。

　なるほど、紫の帯には朱鞘の刀がない。

　思い出した。

　渡会という男、泥酔すると刀を差すのが面倒になり、独楽屋に預けたり、どうかすると忘れていくことがあるのだとか。

　酔っ払って武士の魂を忘れたり、縄暖簾に預けるなど恥知らずにも程がある。

　むっつりと矢作が黙り込むと、

「親父、おらんのか。お万はいかがした」

　再び渡会が声を放つ。

「やめろ」

　矢作が制すると、

「貴殿には関係ない」

　渡会は矢作の胸を手で押した。見かけ通りのやわな力とあって、矢作は微動だにせ

ず、

「あんた、知らないようだから教えてやるが、お万は死んだんだ」

虚をつかれたのか渡会の目が泳いだ。

「死んだ……。お万が。だが、昨日はぴんぴんしておったぞ」

「殺されたのだ」

「誰にだ」

「下手人はまだ捕まっておらん」

「そうか、それは気の毒であるが、わしも刀を……」

ここで条吉が降りてきた。

「親父、お万のこと、聞いた。気の毒であったな。こんな時になんだが、昨夜預けておいたわしの刀を取りに来たのだがな」

渡会は店内を見回した。

条吉は悲しみを堪えて返した。

「お刀でございますか。昨夜は預かっておらないと思いますが」

「いや、預けた」

腰に刀がないことを渡会は示した。

「いや、お刀は……」

条吉は預かってないと繰り返した。

渡会は激して言った。

「そんなことはない。帰り際、お万に預けたのだ。お万に尋ね……。ああ、死んだのだったな。とにかく、お万に預けたのだ。探してくれ」

無遠慮にも渡会は言い立てた。

お万は渡会を好いていたのだ。渡会がお万をどう思っていたかは知らないが、せめて冥福を祈ってやるのが人であろう。

困り顔の条吉に代わって、

「あんたな、こんな時に、刀を探せとは迷惑だとは思わんのか。お万を安らかに冥土に送ってやるのが先決だろう」

矢作は帰れと言い立てた。

「それはわかっておるが、刀は武士の魂だからな、差さないことには身体の一部がなくなったような心持ちになる」

「その武士の魂を、酔ったからといって置いて帰ったのか」

「なにを、わしを愚弄するか」

渡会の目が尖った。

「だったらどうする」

矢作はどんと渡会の胸を突いた。渡会はよろめき表に飛びだす。矢作は追いかけて外に出る。

「おのれ」

渡会はいきり立った。

それから拳を振り上げた。

「わしはな、柔術には自信があるのだ。よって、大刀なしでも、辻斬り如きなんぞにやられることはない。今のうちだぞ、逃げるのは……。そうでないと、貴様ごとき、投げ飛ばし、痛い目に遭わせてやる。往来を転がされたとあっては、十手が泣くぞ」

弱い犬ほど、吠えたがるというが、今の渡会がまさにそれだ。

「御託はそれだけか」

矢作は腕まくりをした。

行き交う者たちが道の両端に身を寄せた。遠巻きに矢作と渡会をおっかなびっくりに見ている。

一触即発となった時に、

「お刀は……」

条吉が顔を出した。

二人の様子を見て、腰を抜かしそうになったが、

「お刀はございません」

と、声をかけた。

すかさず、

「そんなはずはない」

渡会が店の中に駆け込んだ。条吉は矢作にも刀はないと言った。

「目立つ朱色の鞘ゆえ、見逃すはずはないな」

矢作も店に入った。

渡会は探し回ったが、ないと途方に暮れ、二階に上がろうとした。さすがに条吉が嫌な顔をした。お万の亡骸の周りを探し回られたのでは、いかにも迷惑だ。

「渡会殿、二階は遠慮しろ」

矢作が声をかけると、さすがに渡会も足を止め二階を見上げるに留めた。

「もう一度、探しまして見つかりましたら、お届けに上がります」

条吉が言うと、

「わかった」

渡会はくるりと背中を向け、店から出て行った。

「困った色男だな。大方、酔っ払って道端に置き忘れたんだろう」

矢作は苦笑を漏らした。

粂吉は悲しみに襲われて無言になった。

「お万の弔《とむら》いをな」

矢作は声をかけてから外に出た。

ともかく、聞き込みをしなければならない。真田らを殺した辻斬りがなりを潜《ひそ》めたと思ったら、別の辻斬りが出現した。

しかも、同じ場所にだ。

ひょっとして同じ辻斬りであろうか。真田を斬ったことで六文銭を残す必要がなくなっただけなのだろうか。

「どうも、わからん」

矢作は腕を組んだ。

二

　すると、源之助が歩いて来た。

　矢作の依頼で真田道場の門人たちを当たっているのだ。

「またしても、辻斬りだそうではないか」

　源之助は自身番で耳にし、辻斬りの現場に立ち寄って来たのだった。

「三件の辻斬りと同じ者の仕業《しわざ》か」

　源之助の問いかけに、

「違うと思う」

　まずは、斬られたのは侍ではなく町娘であり、六文銭は残されていなかったから、別の者の仕業であるという推量を披露した。

　次いで、

「同じ者の仕業かもしれん。それは、六文銭野郎とは違うのだと思わせるために、わざと六文銭を置いてゆかず、町娘を狙ったのかもしれない」

「要するに考えがまとまっておらんのだな」

源之助は苦笑を漏らした。

「正直、わからん。わからんといえば、殺された町娘、お万といって、この先にある独楽屋という縄暖簾の娘なのだがな、昨晩、湯屋に行ってくると言い残して、家を出たんだそうだ。ところが、湯屋は殺された現場とは反対の方角にあった」

「お万、湯屋には行っていないのか」

「それは、これから確かめるが、湯屋に行ったにしろ、行ってなかったにしろ、お万、夜更けに時の鐘近くになんの用があったのだろうか」

「人と会うためだったのではないか」

「夜更けに会うとなると、好いた男ということだが……。確かにそんな男がいる。だが、その男に会うにしては物騒な場所だ。なりを潜めているとはいえ、辻斬りが出没していた所なのだからな」

「確かに、娘が一人で夜歩きをする所ではないな」

源之助も同意した。

するとと、矢作は、

「ひょっとして……」

「どうした」

源之助がいぶかしむと、

「いや、まさかとは思うんだがな。いや、考え過ぎか」

「なんだ、おまえらしくない。言いかけて途中でやめるな」

「お万が好いた男、渡会某という色男の浪人なのだが、これが、酔っ払いでな、酔うと刀を店に預けたり、忘れてゆくのだ」

「ずいぶんとだらしない男だな」

「その渡会は昨晩も刀を忘れた、いや、お万に預けたと言って、先ほど独楽屋に捜しにやって来たのだ。朱色の鞘ゆえ、目立つ。その刀、独楽屋にはないんだ」

「じゃあ、どこかに置き忘れたんだろう」

「おれもそう思ったんが、ひょっとして、お万は刀を届けに渡会の住まいに行ったのではないかな」

「わざわざ、届けるものかな」

「確かにいつもは渡会が取りに来るのだがな」

自分の考えに迷いがあるようで、矢作は小さくため息を吐いた。

「それにな、お万が刀を届けに行ったのだとすれば、渡会には届かなかったことになるぞ」

「実際、渡会は持っていなかった。ということは、お万は刀を届ける途中で斬られたということか」

「現場に刀はなかったのだろう」

「下手人が持ち去ったに違いないさ」

「可能性がなくはないがな」

源之助が賛同しかけたところで、

「渡会が下手人だ」

矢作は手を打った。

「おい、早合点ではないのか」

源之助が顔を歪めると、

「お万は渡会に惚れていた。ところが、渡会はお万のことを嫌っていた。あまりにしつこくて、嫌気が差してお万を斬った、というのはどうだろうか」

「刀を探しに来たのは、芝居ということか」

「そうに違いない」

自信満々に矢作は決め付けた。

ところが、

「どうも、違う気がするな」

源之助に水を差され、

「ともかく、お万の足取りを追うか」

矢作は湯屋に向かった。

源之助は周囲の聞き込みを行った。


一時《いっとき》後、聞き込みを終えた源之助と矢作は時の鐘の前で落ち合った。神田堀に架かる今川橋《いまがわばし》の下辺りで朱色の鞘の刀が見つかったそうだ。荷船の船頭が見つけ、本石町の自身番に届けた。

「これ、渡会の刀ではないか」

源之助が聞くと、

「独楽屋で見たな」

矢作は渡会の刀だと断じた。

次いで、源之助が刀を抜いてみた。血糊《ちのり》の跡があるかどうかをじっくりと見定める。

「少なくとも昨晩は人を斬ってはおらんな」

源之助が言うと、

「すると、渡会の仕業ではないということか」

矢作は考え込んだ。

「この刀を捨てたのはお万を殺した下手人と考えていいだろう」

「親父殿の考えに同じだ」

「おまえが考えたように、お万は刀を渡会に届けようとして辻斬りに遭ったということになるのかもしれん」

「お万、色男に惚れたのが不運だったということか」

矢作が呟いたところで、

「おかしいな」

源之助は首を捻った。

「どうした」

「下手人はお万の着物を剝ぎ取ったのだろう」

「そうだが……」

「どうして奪い取ったのだろうな」

「そりゃ、売るため……」

ここまで矢作は言って、

「そうか、古着屋に売るにしても血がついているし、刃物の傷も残っているな。売り物にはならんぞ」

「それに、帯を解いて着物を脱がせるのは、面倒だ。そんなことをわざわざすることもなかろう」

源之助は断じた。

「親父殿の言う通りだな」

「妙な辻斬りだ。この辻斬りの鍵はお万の着物を脱がせたということだな」

源之助の言葉に矢作はうなずいた。

「親父殿、ともかく、この刀を持って渡会のところへ行って来る」

矢作は歩きだした。


矢作から頼まれた辻斬り探索をひとまず置き、源之助は真田道場へと向かった。まだ、大野が師範代として指導に当たっているそうだ。大野と加瀬のことを話したい。加瀬がどう始末をつけるのかがどうしても気がかりだ。

道場にやって来ると、

「おお、蔵間殿」

支度部屋で大野は歓迎してくれた。

「道場は続けるのですか」

「いや、もう、間もなく閉鎖ということになりますな」

「残念ですな」

「まったくですが、仕方ありませんな」

「若さま、側室を迎えることがなくて、大野殿は喜んでおられるのでしょう」

「若さまは自身、武芸第一の方でござる。正室お結衣の方さまとの間に、遠からず子宝は授かると思ってもおられる」

「今回のことは加瀬殿の暴走ですな」

「その通り。あの男、藩の公金に手をつけて、好き勝手に遊びまわった挙句に若さままでも、悪の道に誘い込むとはひどいにも程がある。本石町の潰れた旅籠を借り受け、用務方屋敷と称して、遊びの根城にしておる。時に若さまを誘い、料理屋で宴を張っておると悪評ぷんぷんでござるよ。あ、いや、これは、当家の恥を晒してしまったが」

屈強な身体を小さくした。

「加瀬殿、いかがされるでしょうな」

「加瀬には腹を切らせる」

大野は断言した。

「岩村さま家中の方の処分につきましては、わたしが口を挟むことではございませんゆえ、お任せ致します。厳正な処分を期待は致しますが」

「責任を持ってそのこと、果たします」

大野は約束をしてくれた。

それからおもむろに、

「蔵間殿、手合わせをしてくれ」

大野はにこやかに告げてきた。

源之助が躊躇《ためら》っていると、

「もう、二度と会えぬかもしれぬ。貴殿とは一度、手合わせをしたかったのだ」

是非にもと懇願されて源之助も断りきれず、承知した。

「胴着に着替えることは必要ござらん」

大野に言われ、源之助は羽織を脱いで袴《はかま》と木剣を借りた。

道場で立ち会った。

真田六文銭の旗印は取り払われていた。

大野は楽々と、木剣を振り回し、源之助を威圧しながら対峙《たいじ》をした。

源之助は下段に構え、静かに大野を見返している。

大野がすり足で一気に間合いを詰めて来た。

源之助は微動だにせず、待ち構えた。

大野の木剣が大上段から振り下ろされた。

さっと左足を引き、源之助は大野の籠手《こて》を打った。

気負っていた大野は前にのめり、無念の唇を噛んだ。

三

「見事でござったな」

大野は破顔をした。

「いや、息が上がっております。たった一太刀放っただけというに。大野殿の気合いに呑まれたということでしょう」

肩で息をし、源之助は呼吸を整えた。滴《したた》る汗を袖口で拭う。

そこへ、数人の侍が駆け込んで来た。源之助を見てはっとしたが、やがて、大野に耳打ちをした。

大野が、

「なんだと」

と、目をむいた。

次いで源之助を見て、

「加瀬め、またも姿をくらましおった」

大野は苦々しげに唇を噛んだ。

源之助が立ち上がり、

「磯川さまの御屋敷に逃げ込んだのでは」

「そうですな、誰か、磯川さまの御屋敷に……。いや、拙者が行く」

大野は自ら磯川屋敷に赴《おもむ》くと言った。

「拙者も同道致します」

勢い込んで源之助が言うと、大野はかたじけないと承知した。

源之助と大野は磯川屋敷に乗り込んだ。

用人の伏見三太夫が応対をした。伏見は源之助と大野が押しかけて来て、おろおろとしてしまった。

源之助も大野も決して人相がよくない。その二人が目をむいて乗り込んで来たものだから驚くのも無理はない。

源之助が切りだした。

「加瀬殿が来ておられませんかな」

「いいえ」

困惑気味に伏見は答えた。

「匿《かくま》っておられるのではなかろうな」

大野が詰め寄る。

「そんなことはござらん」

伏見が否定すると、

「隠し立てをすると、断固とした処置を取りますぞ」

大野は威圧に出た。

「当屋敷に加瀬殿は来ておりませぬ」

断固として伏見は主張した。

大野はむっとして摑みかからんばかりになった。伏見はおろおろとしながらも、

「まこと、来てはおらんのです」

大野が、

「加瀬は藩の公金を横領した者である。磯川家に支払われた金は勘定方に確かめたところ二百両でござった。その二百両、場合によっては返していただくことになりますが、よろしいな」

「二百両……」

伏見の目が見開かれた。

「まさか、返せぬと申されるか。既に使ってしまったでは通用しませんぞ」

大野が言うと、

「いえ、加瀬殿から殿が受け取ったのは百両です。亡骸に残されておったのは百両でございました」

「まことですかな」

大野の表情が柔らかくなった。

「武士に二言《にごん》はござらん」

伏見は強い目を向けた。大野は源之助を見た。

「加瀬殿は磯川さまが亡くなってからも、お香の養女縁組を強引に進めておりましたな。それは、きっと、養女縁組までしたのだから、藩から二百両を支出してもおかしくはないという体裁を整えたかったのでしょう」

源之助の推測を、

「狡猾な奴め。いかにも加瀬の考えそうなことだ」

大野は吐き捨てた。

「加瀬殿が、そんな」

伏見は困惑している。

「そんな奴だ」

大野が言うと、

「とても学問熱心なお方でございますぞ。当初は儒学者であられたのです。大変に学問熱心で」

加瀬九郎次郎のことを生まじめ、学問熱心な方だと繰り返したが、源之助も大野も白《しら》けてしまった。

「なるほど加瀬はまじめであったのだろう。学問にも熱心で、若さまの侍講もしておった。それゆえ、若さまの信頼も篤かった。しかしな、まじめな男というものは遊びを覚えると、のめり込んでしまうものだ」

大野の言葉に源之助もうなずく。

「加瀬殿は放蕩に堕落していったのでござるか」

伏見はがっくりとうなだれた。

大野は続ける。

「加瀬は藩の金に手をつけるようになり、その穴埋めをするために、磯川家に養女縁組の話を持ちかけたのでござるよ」

「なんと」

伏見は絶句した。

「若さまはおっしゃっておった。加瀬が側室を持つよう勧めてくる、と」

左衛門は乗り気ではなかった。

しかし、正室との間に子ができないという弱味もあったため、側室を持つことを受け入れた。

「加瀬のことでござる。言葉巧みに若さまを操ったのでございましょう」

苦々しげに大野は顔を歪めた。

「若さまも気の毒な」

伏見は同情した。

「ともかく、加瀬は藩のお尋ね者とするつもりでござる。もし、こちらに逃げて来たら、必ず当家まで連絡をくだされ」

大野の依頼に、

「承知しました」

伏見はうなずいた。


その頃、矢作は渡会の住まいを訪ねていた。朱色の鞘の刀を右手に提げ、粂吉から教わった本石町四丁目の裏長屋に至った。

ところが、渡会などという浪人はその長屋のどこにも住んでいない。

「騙《かた》りめ」

矢作は苦々しい顔で長屋を見つめた。

長屋ではなく近所を見回った。そこには旅籠があった。岩村伊勢守家中、用務方屋敷という看板が掲げてあった。

一旦、矢作は時の鐘に戻ろうとした。すると、運よく京次が歩いて来る。

「おお、京次」

矢作が声をかける。

「これは、矢作の旦那」

京次もうれしそうな顔で近づいて来た。

「暇か」

「ええ、まあ、今日は特に御用もありませんや」

京次は答えた。

「なら、手伝えよ」

矢作は言った。京次は矢作が右手に持っている朱色の鞘の刀に目を向けた。

「この刀の持ち主を探しているんだ」

矢作はかいつまんでお万殺しとその疑いのある渡会について容貌を含めて説明した。

「わかりました。任せてくださいよ」

京次は暇を持て余していたせいか、生き生きとした。

矢作は渡会の刀が見つかったことから、神田堀沿いに聞き込みに当たった。

すると、何やら騒がしい。矢作がどうしたと声をかけると、

「着物ですよ」

船頭が、着物が櫓に引っかかったと答えた。

さては、お万の着物が見つかったのかと矢作は思った。

「見せろ」

矢作は駆け寄った。

「旦那、これですよ」

船頭は濡れた着物を見せた。

「なんだ、男物じゃないか」

矢作が失望を示したため、

「そんなことを言われても、あっしのせいじゃござんせんよ」

船頭は叱られたのだと思い、当惑を示した。

「いや、そうだな。てっきり、女物だと思ったんでな」

矢作は言いながら受け取った。

当てが外れ、堀に捨てようと思ったが、

「旦那、この傷、刀で斬られたんじゃないですかね」

船頭に言われ、矢作の目が吸い込まれた。

なるほど、背中に穴が開いている。

そして、絵柄は派手な瓢簞《ひょうたん》が描かれていた。

「これは……」

矢作は両手で着物を摑み、両目をかっと見開いた。

「旦那、どうしたんですか」

矢作の豹変ぶりに船頭は戸惑った。

「いや、すまん。おまえ、お手柄だぞ。よく見つけてくれた」

矢作に誉められ、

「は、はあ」

船頭は戸惑うばかりであった。


京次が戻って来た。

「どうだった」

期待を込めて矢作は尋ねた。

「矢作の旦那が探せとおっしゃった渡会ですがね、三島藩の用務方屋敷になっている旅籠から出入りをしていますね。目立つ格好ですから、見た者に事欠きませんでしたよ」

京次は言った。

「渡会は岩村家の家臣であったのか」

矢作は首を捻った。

「用務方屋敷に出入りしているってことはそうなんでしょうけど、それにしちゃあ、妙ちきりんな格好で出歩くもんですね」

京次も解せないと首を傾げた。

しばし、考えてから、

「そうか、そういうことか」

大きな声を出し、矢作は手を叩いた。

「どうしたんです……。ま、いいや、なら、用務方屋敷に行きますか」

「いや、独楽屋に行く」

「独楽屋っていいますと、殺された娘の家ですよね。何しに行くんですか」

「決まっているだろう。お万を殺した下手人を捕まえに行くんだよ」

「ええ……」

口を半開きにした京次を置いて矢作は歩きだした。

四

「加瀬殿に逃げられましたな」

源之助は大野を問責した。

「手抜かりでござった。が、心当たりはあります。加瀬は御家を出奔《しゅっぽん》するに際し、横領した金を持ち去ることでしょう。金の在り処は……」

「用務方屋敷ですな」

源之助はにんまりとした。

源之助と大野は本石町四丁目にある用務方屋敷へと急行した。

用務方屋敷に至ると、一人の侍が出て来た。男にしては小柄だ。

ふざけているのか、ひょっとこの面を付けているため、面相はわからない。

ふざけているといえば、格好もだ。

白地に独楽を描いた派手な小袖を着流し、肩まで垂らした総髪を束ねていた。紫の帯には大小が差されている。

ひょっとこ面の侍はゆっくりと近づいて歩いて来る。

「加瀬め、不逞の浪人者を用務方屋敷に出入りさせておるとは。大方、一緒につるんで遊び回っておるのだろう」

大野は用務方屋敷に向かおうとした。

ひょっとこ面の侍が源之助とすれ違った。

一陣の風が吹き、総髪がそよいだ。鬢付け油の甘い香りが源之助の鼻腔に忍び入った。

「待て！」

源之助は声を張り上げた。

大野とひょっとこ面の侍が同時に足を止めた。

「いかがされた」

大野は問いかけてきたが、侍は立ち去ろうとした。

源之助は侍の行く手を塞いだ。

「面を取れ」

腰の十手を引き抜き、源之助は突きつけた。

侍はたじろぎ、面に手をかけた。

「蔵間殿、そんな男より加瀬を捕まえましょうぞ」

大野が声をかけてきた。

源之助の視線が侍からそれた。

と、侍は脱兎《だっと》の勢いで走りだした。

大野は啞然と立ち尽くしたが、源之助は侍に向き直った。

次いで、十手を帯に差すと、雪駄《せった》を脱ぎ右手に持つ。底に薄い鉛の板を敷いた特別あつらえの雪駄だ。

大野が見守る中、源之助は狙いを定め侍に向かって雪駄を投げた。

雪駄は矢のように飛び、侍の後頭部に命中した。侍は前のめりによろめく。

すかさず源之助はもう一つの雪駄も脱ぎ捨て、駆けだした。

侍が体勢を立て直した。

源之助は抜刀し、侍の前に回り込むと下段からすり上げた。

ひょっとこの面が真っ二つに割れた。同時に、袖口から二十五両の紙包みがどっさり落ちた。

露《あら》わになった細面の優男然とした顔は、

「加瀬……」

大野が呟いたように加瀬九郎次郎であった。

「加瀬九郎次郎、武士なら、せめて潔《いさぎよ》く観念せよ」

いかつい顔を際立たせ源之助は告げた。

加瀬は膝から崩折れ、声を放って泣き始めた。

「情けなき奴め」

大野は鼻で笑った。

矢作は独楽屋の暖簾を潜《くぐ》った。

店はがらんとし、条吉の姿はない。二階にいるのだろうと見当をつけ、階段を上がった。

果たして条吉はいた。

お万の亡骸のそばに座り、うなだれている。矢作に気付くと、弱々しい笑みを浮かべた。

矢作は条吉の横に静かに腰を下ろした。

「わが娘を殺してしまったな。さぞや悲しくて無念だろう」

矢作が語りかけると、

「どうぞ、お縄にしてください」

条吉は頭を垂れた。

「その前に確かめたい」

「なんなりと」

「まず、お万だが、間違えたのだな、渡会と」

矢作の問いかけに、条吉は無言で首肯した。

「間違えたのはお万が渡会に成りすましたからだな。お万は渡会と同じ柄の着物を着て、渡会から預かった朱鞘の刀を差し、頭を洗い髪にして夜道を歩いた。お万と渡会は同じくらいの背格好だ。夜、後ろから見れば区別はつかない。では、どうしてお万が渡会に成りすましたのか……。おまえが渡会を殺すことを恐れてだ。おそらく、おまえが近づいた時、お万であることを明かし、渡会を殺さないでと頼むつもりだったのだろう」

「おっしゃる通りです。あっしはお万からあの晩、時の鐘で渡会さまと待ち合わせるのだと聞き、お万が湯屋に行っている隙に時の鐘に向かったのです。渡会さまがいれば、殺そう、いなかったらあの晩はやめるつもりでした。しかし……、渡会さまが歩いているのを見かけてしまった」

条吉は夢中で渡会に斬りつけた。

「悲鳴が上がって、渡会さまではないことに気がつきました。時、既に遅し、でした」

渡会ではなくお万とわかり、条吉は動転した。お万が渡会に成りすましたことを隠すため、小袖を脱がせ、朱鞘の刀を奪って神田堀に捨てた。

「お万のためにも渡会を殺すという間違った思いを抱いたのです」

条吉は涙を流した。

「渡会を殺そうと思ったのは、どうしてだ」

「お万を弄《もてあそ》んだからです。侍なんて、町人を人とは思っていない」

条吉の目が憎悪に彩られた。

「星川、宮本、そして真田玄斎もおまえの仕業だな」

「あの連中は特にあっしをこけにしました」

条吉は真田道場に入門しようとした。町人にも門戸を開いていたからだ。しかし、真田は入門料として五両を受け取りながら、ろくな稽古もつけてくれず、それどころか星川や宮本からいじめられた。

「竹刀《しない》で散々に打たれ、笑いものにされました。耐えきれずに道場を辞めると、星川と宮本は店に来て、勘定を踏み倒したり、嫌がらせをしました。許せない。殺してやると、心に誓ったのです」

凶器は、以前手に入れた道中差を使ったのだそうだ。

語り終えると粂吉は奉行所にまいりましょうと言った。

「お万の野辺の送りをしてやれ。それから、奉行所に出頭するんだ」

矢作は立ち上がった。

粂吉は顔を上げた。

「矢作さま……、あなたさまともっと早く知り会いたかった。あなたさまのような立派で慈悲深いお侍もいるんですね」

「買いかぶりだよ」

「いいえ……。あなたさまは正しき武士道を歩んでおられます。それに比べて真田や渡会たちといったら、邪道もいいところです」

それには答えず、矢作は階段に向かった。

粂吉の嗚咽《おえつ》が耳朶《じだ》に響いた。

弥生《やよい》一日、桜満開となった昼下がり、源之助は杵屋に呼ばれた。

庭に植えられた一本桜を愛《め》でながらささやかな宴が催されている。

庭に敷かれた毛氈《もうせん》に重箱が並べられ、善太郎とお香、寅松が食事を楽しんでいる。

源之助は善右衛門と縁側で碁を打っていた。

「加瀬さま、あのようなお方であったとは、思いもよりませんでした」

碁盤に視線を落としながら善右衛門は嘆いた。源之助は白石を手に、

「加瀬は用務方になって商人たちと付き合ううちに遊びを覚えたそうです。儒家としてひたすら勉学に励んできただけに、遊びを楽しむようになると箍《たが》が外れたようですな。さすがに、素性がばれてはまずいと、用務方屋敷で渡会なる浪人に素性を変え、遊び歩いていたのです。遊び金が欲しくて藩の公金に手をつけるようにもなったとか」

「磯川さまを殺したのも加瀬さまだったのですね」

「いかにも。藩馬廻り方、大野玄蕃殿の調べによると、こうなる。加瀬は、お香を若さまの側室にする工作として磯川さまに養女縁組を勧《すす》めた。ついては、仕度金として藩から二百両を引き出し、磯川さまには百両だけ渡した。ところがそれがばれて磯川さまが藩に訴えるとお怒りなさったので殺したというのですから、救いようのない馬

鹿者ですな」

　語り終えたところで、源之助は白石を置いた。

「思いもよらなかったと言えば、本石町で起きた辻斬り騒動の下手人が縄暖簾のご主人であったとか。矢作さまがお縄にされたのですな」

「無惨なことに、誤って粂吉は娘を殺してしまったのですな。矢作は温情を示し、娘の野辺の送りを済ませてから、奉行所に出頭するよう言いつけたのだそうです。粂吉、その通りに出頭してきたとか。罪を犯しながら逃げようとした加瀬とは大違いです」

「加瀬さまは切腹なさったのですね」

「いかにも。武士らしく腹を切ったと思いたいですな。粂吉は死罪を申し付けられると思います」

　源之助は庭を眺めやった。

「若旦那、姉ちゃんに惚れているって、はっきり言いなよ」

　寅松が囃《はや》し立てている。

「うるさい」

　善太郎は頬を赤らめた。

「へへへ、若旦那の度胸なし。そんなんじゃ、姉ちゃんは嫁にやれないぞ」

「おまえ」

拳を作ると善太郎は寅松に向かった。寅松は舌を出し、毛氈から逃げだした。善太郎が追いかける。

「寅松、若旦那に謝りなさい」

お香は叱ったが、寅松はおかまいなしに善太郎をからかった。

「善太郎の一件はまだ落着しませんな」

源之助はおかしそうに笑った。

「善太郎には過ぎた娘さんですが……。蔵間さま、一肌脱いでくださいま……。いや、それはいけませんな。女房にしたいのなら自分の力でお香さんの気持ちを引き寄せないと」

善右衛門は黒石をぱちりと置いた。

「ああっ、それ、待った……。いや、いけませんな。待った、待ったでは上達しません」

源之助は腕を組んだ。

春光に輝く桜の花弁を春風が舞い散らせた。善太郎や寅松、お香の笑顔が春爛漫を告げていた。

時代小説

二見時代小説文庫

正邪《せいじゃ》の武士道《ぶしどう》　居眠《いねむ》り同心《どうしん》　影御用《かげごよう》29

著者　早見《はやみ》　俊《しゅん》

発行所　株式会社　二見書房
東京都千代田区神田三崎町二－一八－一一
電話　〇三－三五一五－二三一一［営業］
〇三－三五一五－二三一三［編集］
振替　〇〇一七〇－四－二六三九

印刷　株式会社　堀内印刷所
製本　株式会社　村上製本所

落丁・乱丁本はお取り替えいたします。
定価は、カバーに表示してあります。

ISBN978－4－576－19044－0
https://www.futami.co.jp/

早見俊

居眠り同心 影御用

シリーズ

閑職に飛ばされた凄腕の元筆頭同心「居眠り番」蔵間源之助に舞い降りる影御用とは…!?

以下続刊

①居眠り同心 影御用 源之助人助け帖
②朝顔の姫
③与力の娘
④犬侍の嫁
⑤草笛が啼《な》く
⑥同心の妹
⑦殿さまの貌《かお》
⑧信念の人
⑨惑いの剣
⑩青嵐《せいらん》を斬る
⑪風神狩り
⑫嵐の予兆
⑬七福神斬り
⑭名門斬り
⑮闇の狐狩り
⑯悪手《あくしゅ》斬り
⑰無法許さじ
⑱十万石を蹴る
⑲闇への誘い
⑳流麗の刺客
㉑虚構斬り
㉒春風の軍師
㉓炎剣《えんけん》が奔《はし》る
㉔野望の埋火《うずみび》(上)
㉕野望の埋火(下)
㉖幻の赦免船
㉗双面の旗本
㉘逢魔の天狗
㉙正邪の武士道

二見時代小説文庫